Nacida bruja

Nacida bruja

Valeria Almada

EDICIONES B
GRUPO ZETA

México D.F.•Barcelona•Bogotá•Buenos Aires•Caracas•Madrid•Montevideo•Quito•Santiago de Chile

Este libro se realizó con una beca del
programa Jóvenes Creadores del Fondo Nacional
para la Cultura y las Artes

Nacida bruja

1ª edición, agosto de 2010

D.R. © 2010, Valeria Almada
D.R. © 2010, Ediciones B México S. A. de C. V.
Bradley 52, Col. Anzures, 11590, México, D. F.

www.edicionesb.com.mx

ISBN 978-607-480-094-4

*Una molécula de la oscuridad de Dios es suficiente
para desencadenar el caos y la destrucción total.*

ANDREA DYKES

Sɪ ᴀʟɢᴜɪᴇɴ ᴍᴇ ᴘʀᴇɢᴜɴᴛᴀʀᴀ cómo llegué a convertirme en una bruja, quisiera poder decirle que empezó como un juego, pero estaría mintiendo. No fue un accidente, ni algo que simplemente me sucedió. Tampoco voy a culpar al destino. Porque cada cosa que he hecho ha sido con la conciencia plena de internarme en un camino que a la mayoría le da miedo o repulsión transitar.

Hace muchos años ni siquiera me hubiera imaginado capaz de destruir la vida de alguien, menos aún de disfrutarlo. Ahora siento una especie de orgullo, como si mi trabajo en esta vida se hubiera realizado.

Quizás nadie comprenda que existen razones que son más fuertes que uno mismo, que aunque hubiera vislumbrado el rumbo que tomarían las cosas, volvería a hacer todo exactamente igual porque, ahora lo sé, mi propósito en esta vida era acelerar lo que más tarde o más temprano de cualquier modo habría sucedido.

Pero me adelanto, la última página de nuestra historia –de Jorge, Julián y mía-, aún no se ha escrito. Aunque el final, para mí, es previsible, no quiero que haya dudas: yo decidí que así fuera, por eso dedico las últimas páginas de este diario, que no es mío, a hacer la crónica de una caída voluntaria al abismo.

JORGE SE REVUELVE EN LA CAMA como si tuviera fiebre, sus rasgos angélicos están constreñidos por algo que podría ser deseo, un deseo que aún no se hace del todo consciente. Sumido en sus sueños preadolescentes dormita ajeno a mis preparativos: el incienso, las velas, la daga sobre la mesilla. Esta noche, él no lo sabe, se consumarán sus miedos y fantasías. Entre tanto, yo prestaré atención a cada detalle y lo escribiré mientras espero a que llegue la hora de celebrar mi sabbath personal.

Paso una mano sobre su cabellera ensortijada, después acaricio la curva un poco rolliza, andrógina aún, de su quijada. Existe algo intoxicante en los años de transición. Entre la infancia y la adultez, prevalece el estado más puro de lo indefinido. Cuando dicha pureza alcanza su punto crítico, empieza a corromperse: agudiza algunos aspectos y suaviza otros hasta que la sutil ambigüedad desaparece.

En mi caso, la transformación interior empezó antes que la física, cuando me percaté de que la sombra habitaba en mí. Yo no perdí la inocencia, como lo hará Jorge en unas horas, simplemente descubrí que mi luz era menos intensa que mis tinieblas.

De niña creía en la magia, en la protección de Dios o de alguna presencia que flotaba a mis espaldas como escudo protector, que me hacía invisible a las desgracias, que me empujaba de bruces al suelo cuando algún peligro me acechaba.

Creía que el repentino cambio en el curso de mis pasos, cuando algo llamaba mi atención al borde de la banqueta y encontraba una moneda, o cuando evitaba así que un auto me salpicara el vestido nuevo, se debía a una fuerza espiritual que me guiaba.

Pero la diferencia estaba en que dichos eventos se acompañaban de una voz aguda y distorsionada que sólo me hablaba a mí. A veces era un susurro casi imperceptible, otras la sentía como una sombra helada que soplaba en mi oído haciendo que los vellos de mi cuello se erizaran, mientras mascullaba no hagas esto, no hagas aquello, no, no, ¡No!...

Recuerdo el día en que dejé de escucharla con claridad. El día en que decidí desoírla, ignorando su gruñido de reprobación por abandonarme a mi propio arbitrio. Aunque los eventos que me iniciaron en la vida parecen producto de la confabulación caprichosa del destino, ahora sé que yo, por curiosidad o necesidad, elegí este camino con cada acción tomada a pesar del miedo o la incertidumbre.

Dejé de ser niña en el momento en que intuí que mi oscuridad crecería con cada falta que callara. El primer secreto importante que me guardé se gestó en una mañana como cualquier otra. Cursaba sexto grado de primaria y en lugar de salir al patio a pasar la media hora del recreo me dirigí al salón de música y me quedé fascinada observando a tres muchachos de secundaria platicar en torno al escritorio.

En aquel entonces, aunque la escuela me parecía una aburrida tortura, cada mañana esperaba el momento en que el más alto de esos muchachos se metiera a empellones en la fila de segundo de secundaria. Sus ojos grandes y su actitud bravucona me atraían sin remedio.

Yo me imaginaba que si sus ojos se cruzaran con los míos, mágicamente me transformaría en la más bonita de la escuela. La voz, no obstante, me obligaba a bajar la cabeza cada vez que existía el riesgo de que él me notara.

Cuando entré al salón fue inevitable que se percatara de mi presencia. Uno de sus amigos se estaba riendo a carcajadas, el otro repetía con los ojos muy abiertos "¿y luego, y luego?". Él guardó silencio y me sonrió de un modo que me provocó vértigo. La voz me instó a irme, pero yo quería quedarme ahí, en un juego de miradas y sonrisas recíprocas con aquel muchacho. Deseaba que la voz se callara, que desapareciera de una vez por todas.

—Hola... ¿De qué platican? —pregunté, aunque intuía que se trataba de un tema censurado por la manera nerviosa en que los muchachos se movieron.

—¿De veras quieres saber? —preguntó el joven que me gustaba y noté un brillo malicioso en sus ojos. El más gordo de sus amigos le dio un codazo y murmuró en su oído: es una niñita de primaria.

—De sexto —aclaré, dando un primer paso hacia ellos. Se me figuró que un precipicio se abría detrás de mí, dejando mi voz atrapada en la banca debajo de la mochila. Avancé sin voltear una sola vez. Me sentía valiente, temeraria, como si estuviera enfrentando y ganando una batalla simplemente con recorrer el tramo entre la banca y el escritorio.

El muchacho, que a lo sumo tendría un año más que Jorge ahora, se levantó de un brinco del escritorio y entrecerró los ojos inspeccionándome.

—Y qué, ¿las niñas de sexto ya son grandes?

—Mi papá dice que soy muy inteligente para mi edad.

Todos se rieron. Yo sentía una mezcla de vergüenza y encono. Uno de los muchachos se acercó a mí y me tomó de la barbilla, obligándome a girar la cabeza a un lado y al otro, luego se encogió de hombros.

—¿Sabes lo que hacen tus papás cuando creen que estás dormida? —me preguntó el joven de los ojos grandes, afilando la mirada sobre mi rostro.

Tenía una vaga idea de lo que significaban los quejidos

que en ocasiones llenaban la casa por las noches y que me llenaban de una inquietud que se extendía como una marea en mi cuerpo. Me ruboricé y asentí a pesar de que la voz, cada vez más queda, me pedía que dijera que no.

—¿Quieres saber lo que se siente? —dijo en un susurro el muchacho que me había estado inspeccionando y asentí de nuevo.

—Súbete al escritorio —me ordenó, jalándome de la muñeca con sus dedos fríos y largos. Los otros dos me levantaron en vilo. Estaba tan nerviosa que una risa tonta escapó de mis labios cuando sentí la superficie metálica en mi espalda. El corazón me latía con fuerza y me imaginaba que saltaría a mi garganta cuando sentí las manos del muchacho que me gustaba subirme la falda. Me incorporé rápidamente con los ojos muy abiertos.

—¿Qué, ya te arrepentiste? —dijo aquel, dando unos pasos hacia atrás. Dudé por unos instantes, mirando primero a uno y luego al otro de sus amigos, con mis manos crispadas en el ruedo de la falda y el aliento enredado en mi garganta. Estaba ante la primera decisión importante: replegarme o dar el primer paso hacia el abismo.

—No... —murmuré y ya no opuse resistencia cuando el gordo presionó mis hombros hasta que estuve de nuevo tendida y el joven de los ojos grandes me bajó los calzones. Sentí una corriente fría avanzar entre mis piernas. Miré hacia la banca buscando alguna instrucción, pero la voz decidió enmudecer en el momento en que los muchachos se petrificaron mientras contemplaban mi intimidad. Cerré los ojos y ahogué un gemido de sorpresa al descubrir una zona que palpitaba en mi interior, como si el aire, las miradas y el silencio la hubieran despertado.

No sabía que en los ojos hubiera una fuerza que se sintiera palpable como un toqueteo, pero la sensación desapareció abruptamente cuando alguien, que en un primer momento no pude ver, gritó.

PARECE QUE LO ESCUCHARA DE NUEVO. Despego la vista del rostro de Jorge e inclino la cabeza. Percibo un quejido lejano que va haciéndose más agudo, con la sonoridad lastimosa de un animal herido. Proviene de la puerta del fondo. Julián necesita una nueva dosis de morfina. Me pregunto cuánto tiempo transcurriría entre el suave lamento y un grito destemplado. Me levanto con un suspiro cansado, depositando un beso en la frente de Jorge y me encamino a la otra habitación. Julián me mira suplicante desde la cama, su cuerpo debilitado está hecho un ovillo, y su rostro muestra las trazas de un dolor prolongado. Le sonrío. Acaricio su mejilla como si fuera un niño pequeño. ¿Su vida sería otra de no haberme conocido? No. Él también tomó sus decisiones, por eso ahora estamos otra vez juntos para cerrar el círculo que él, hace mucho tiempo, abrió.

No sé si Julián tuvo alguna vez conciencia de lo que en realidad buscaba, si se llegó a percatar de su sino. Yo tampoco lo tuve claro en un principio, pero hoy me aseguraré de que se dé cuenta.

Una suerte de gruñido escapa de su garganta cuando busco la vena con la aguja en su antebrazo. Antes de que tenga tiempo de lanzarme una mirada de reproche, su respiración empieza a acompasarse plácidamente y vuelve a caer en la inconsciencia. Doy un vistazo al reloj de pulsera. Estará tranquilo las próximas tres horas. Me siento en una silla cercana y dejo que mi mente regrese a aquella época en que tiré los dados determinando lo que iba a ser mi vida.

A LA SEMANA DEL INCIDENTE en el salón de música, papá me sacó de la escuela un poco antes del recreo. Yo suponía que el rumor se había esparcido. La llamada a la dirección, las risitas burlonas y los siseos malintencionados de mis compañeros apuntalaban mis temores. Permanecí en mi banca, deseando haber escuchado mal mi nombre. Pero no, la niña que traía el mensaje lo repitió y la maestra me apuró a que tomara mis cosas y abandonara el salón.

Tenía miedo por no poder imaginar cuál sería el castigo. Hasta ahora no me habían sorprendido en ninguna de mis otras faltas: pequeños robos —plumas, calcomanías, gises y borradores de otros salones que atesoraba en una caja de zapatos al fondo del ropero— y amenazas a las niñas más pequeñas para que me dieran su dinero o sus dulces.

Con cada paso que daba mi ansiedad iba en aumento. Me detuve al pie de las escaleras y fingí necesitar atarme las agujetas. Sentía vértigo sólo de pensar la manera en que el director podría reprenderme. Habían transcurrido tantos días sin que ningún adulto hubiera dado muestras de conocer el hecho, que casi me había convencido de que el incidente jamás recibiría castigo.

—Ándale —me apuró la niña que me acompañaba como un cancerbero—, ya va a ser recreo.

Recuerdo haber torcido la boca mirándola con odio, porque su única preocupación probablemente era alcanzar el primer puesto en la fila de la cooperativa. Ella no tenía idea de que en esos minutos yo me esforzaba en urdir una explicación, pero mi mente estaba saturada de recuerdos fragmentados: la caricia del aire, unos penetrantes ojos negros, un silencio que mareaba y vergüenza cuando escuché el grito de la niña que nos sorprendió.

La puerta de la dirección era grande y pesada. A mi me daba pavor, yo me figuré que en cuanto la abriera me iba a encontrar con los lamentos de todos los niños que fueron juzgados ahí antes que yo. Se me erizó la piel. Me imaginaba que al traspasar el umbral me internaría en una iglesia de techo altísimo que me haría sentir pequeña y vulnerable. Creí que Dios podía pisarme en un descuido, pero me di cuenta que si Él está en todas partes es porque está hecho de aire y aunque en ese momento hubiera preferido que me pisara, no lo hizo. Dios se dedicó a silbar en el patio, distraído en levantarle las faldas a otras niñas.

Permanecí en el quicio de la puerta preparada para chillar que todo era un invento, que fue otra quien se dejó bajar los calzones, que fue a esa a quien los otros muchachos la habían mirado con una mezcla de malicia y azoro, pero vi entonces la cara de mi padre y no pude articular palabra. Los ojos se me llenaron de lágrimas. Creí que me iba a pegar, que me iba a sacar de la escuela para meterme a una de monjas. Él se limitó a darle las gracias al director y tomó con fuerza una de mis manos jalándome al exterior.

Una vez afuera, miraba la reja de la escuela con una nostalgia anticipada mientras mi padre abría la puerta del automóvil. Me sentía enferma, quería gritar, llorar, patalear. Rehusarme de algún modo efectivo a que me sacara del colegio, pero empezaba a sentir un sopor denso envolviéndome y me senté sumisamente en el asiento del pasajero. Ya entonces intuía que nada volvería a ser igual pero no me imaginaba lo que estaba aún por descubrir.

—Papá, yo no hice nada— dije, con un hilo de voz, cuando él se sentó a mi lado frente al volante.

—Cállate —masculló entre dientes y puso el vehículo en marcha.

Cuando llegamos al primer semáforo en rojo, desvió su mirada del camino por un momento para verme a los ojos. Los suyos parecían tan endurecidos que incluso me daba miedo respirar profundamente, producir cualquier ruido que pudiera importunarlo. Condujo por un rumbo nuevo hasta que llegamos a una casa que yo nunca había visto antes. Sentía la garganta seca, me quedaba claro que lo más probable es que quisiera deshacerse de mí, darme en adopción o algo parecido.

Se bajó del automóvil y me hizo una señal con la cabeza para que lo siguiera. No vi el auto de mamá por ningún lado, pensaba que ella, al enterarse de la horrible criatura que había engendrado, había decidido no volverme a ver. Me esforzaba por no llorar, prometiéndole a Dios que aceptaría valiente mi destino si por lo menos la voz regresaba, pero sólo podía escuchar mi corazón latiéndome en las sienes.

Entramos a la casa que olía a cochambre y estaba vacía. Las ventanas tenían unas persianas anchas, cubiertas de polvo y telarañas. Al piso de loseta vinílica le faltaban unos cuadros aquí y allá; y el foco que papá había encendido zumbaba como si tuviera moscas dentro.

—Aquí vamos a vivir desde ahora —anunció con el rostro deformado por algo que parecía asco.

—¿Por... por qué? —me atreví a preguntar.

—Porque ya se jodió todo.

—Y... ¿y mamá? —inquirí mientras me frotaba los brazos como si tuviera frío, pero en realidad necesitaba convencerme de que no se trataba de un mal sueño.

—Ella no...

Por un momento pensé que caería de rodillas junto a

mí, pero sólo se balanceó como si estuviera mareado, sobándose la frente. Sentía que la garganta se me cerraba.

—Perdón… —musité y las lágrimas me ahogaban, quemando mis mejillas.

Me miró extrañado. Sacudía la cabeza, confuso, como si se debatiera entre explicarme o no la situación.

—Tu mamá está en la cárcel. No hay nada que podamos hacer…

—¿Qué? —me daba culpa sentir alivio, porque en realidad no entendí lo que había dicho, sólo comprendía que él no sabía lo que había pasado en el salón de música una semana atrás.

—Hay cosas que no entenderías. Es mejor así —se aclaró la garganta y miró al cielo raso. —Pero… tienes que saber que no vamos a volver a verla… —fruncía la boca en una mueca que lo hacía ver como un niño viejo mientras acariciaba mi mejilla con rudeza. Yo sentía que la cara me quemaba del mismo modo que si hubiera tenido fiebre. Asentí lentamente, escuchando una risa burlona en mi cabeza. Creía que la voz había regresado sólo para insistir que con mis acciones había convocado la desgracia para mi familia. Pero temía tanto perder la protección de mi padre que decidí callar, dejaría que pensara que lo que fuera que había llevado a mamá a la cárcel se trataba de un hecho fortuito, una casualidad del destino. Mi padre caminó como un sonámbulo hacia mi nuevo cuarto, yo lo seguí. Había un colchón con su base y dos cajas de cartón.

—¿Y mis cosas…?

—Ahí está todo lo que pude rescatar. Saquearon nuestra casa, ¿entiendes? —dijo, contrito.

—Pero… ¿por qué?

Me dirigió una mirada tan desorbitada que no supe si era terror o furia lo que sentía, pero me sacudió enérgicamente.

—Ni se te ocurra intentar averiguarlo —soltó con un gruñido amenazante y se encerró en su habitación.

Abrí mucho los ojos y luego de un momento corrí a abrir las cajas para vaciar desesperadamente su contenido. No podía ser cierto, sólo había parte de mi ropa, un par de tenis y algunos libros. ¿Dónde estaban mis juguetes, la caja de tesoros, la cruz de madera que me dejó mi abuela, el resto de mi historia?

Agarré uno de los tenis y lo arrojé con todas mis fuerzas contra la pared desnuda, luego tomé el primer libro que encontré y prensé la primer hoja entre mi pulgar y mi índice. Necesitaba romperla escuchar el quejido minúsculo de las palabras que nadie volvería a leer. Pero entonces, otro sonido empezó a ocupar la casa: mi padre estaba llorando.

Parpadeo y noto una lágrima que resbala por mi mejilla llevándose estos recuerdos. Me empeño en dejar de evocar el pasado, sólo existe este momento en el que silenciosamente me preparo para lo que vendrá. Miro el rostro de Julián desmayado por las drogas y siento pena al saber que éste será el último día que pasemos juntos.

¿Habrían sido esos momentos de mi infancia una especie de ensayo para que no me sorprendieran tanto las futuras pérdidas? Quién sabe, papá dijo que nunca volvería a ver a mi madre y eso no fue cierto. Tal vez no tiene caso temer que pierda a Julián esta noche, simplemente porque lo perdí mucho tiempo atrás.

Siempre me he preguntado si es la absurda concatenación de los hechos de nuestra vida lo que nos hace tratar de encontrar el momento cismático para explicar porqué las cosas derivaron de un modo y no de otro. Yo nací en un día cualquiera, no hubo eclipses ni terremotos, nada que llevara a pensar en un destino maravilloso o especialmente trágico. Llegué al mundo sin marcas, sin ni un sólo lunar, como si mi alma hubiera escogido un cuerpo inmaculado para negar toda vida anterior, quizás negando también toda posibilidad de futuro.

Podía haber tenido una de esas vidas sin mayor importancia, sin huellas ni legado, con una aridez tan grande que carecería de dunas y precipicios; sin montañas ni flores, un páramo con algunas grietas, torcidas y secas en las que alguna vez habrían crecido sarmientos prometiendo reverdecer, pero que hasta el viento más ligero habría arrancado como si nunca hubieran existido.

Pero mi vida no ha sido así. Ha tenido incertidumbre, traiciones y secretos; experiencias que me enseñaron que se sufre más cuando uno se aferra a las personas y a las cosas, que es mejor abandonar sueños e ilusiones; que más vale aceptar que nadie vendrá en tu ayuda.

Creo que el inicio consciente de mi transformación sucedió el día en que decidí incinerar los momentos breves que mi vida tuvo de esperanza junto con los restos de mi madre. Quizá ella tenía que morir para que yo empezara a comprender quién soy en realidad.

TODAVÍA TIEMBLO cuando recuerdo el momento en que me entregaron la urna de mármol gris en la oficina del velatorio. Limpiaba bruscamente con el dorso de la mano las lágrimas que corrían por mis mejillas. Me reprendía por llorar ahí, frente a unos desconocidos y darles la equivocada impresión de que era dolor lo que sentía.

La urna era pesada y fría. Yo torcí la boca en una media sonrisa en cuanto la depositaron en mis manos. Pensaba que mi madre también era así, densa y distante como una escultura de piedra. Por lo menos en esa caja ocuparía un lugar más pequeño, sin que su mirada escrutadora pareciera invadir hasta el último resquicio de mi vida. Sin que sus palabras ácidas, rumiadas por horas, me volvieran a asaltar en la madrugada:

Ya lo pensé mejor, estoy segura de que ese muchacho te abandonó porque le daba vergüenza que te vieran con él... ¿Para qué te pintas el pelo? Un color distinto no te cambiará la cara... Del lado de tu padre todas las mujeres murieron de cáncer de ovarios, deberías operarte... En fin, no creo que alguien quiera tener hijos contigo... ¿Le sonreíste al taxista?, deja de hacer el ridículo, las mujeres como tú se quedan solas.

No recuerdo el trayecto del crematorio a la casa, sólo el momento en que me senté frente a la mesa de la cocina y puse la urna en el centro. Observaba el receptáculo de mármol con una mezcla de azoro y miedo hasta que me animé a retirar la tapa. En el interior había una bolsa negra de plástico que contenía sus cenizas. Eso es lo que quedaba de ella, no más de medio kilo de un polvo fino y blancuzco mezclado con fragmentos de hueso que vertí sobre la mesa, formando pequeñas dunas en las que hundí mis dedos con fiereza, como si fueran las arenas de mi destierro.

Levanté mis dedos, hojuelas minúsculas se les adherían como las estrellas al firmamento, las destruí al querer palparlas, desaparecieron de manera silenciosa en los canales de mis huellas, ni un grito se escuchó mientras mi piel las absorbía. Se me revolvió el estómago. De súbito comprendí que ella permanecería irremediablemente en mí.

Me embargaba un resentimiento que ni siquiera ahora puedo nombrar o describir. Debería haberme sentido liberada, si no feliz por lo menos tranquila de que ella y sus demandas estuvieran de una vez por todas silenciadas. Y no obstante supe que aunque su presencia ya no fuera terrena, su influencia seguiría manipulándome como un títere.

Las cenizas blancas de mi madre parecían leche en polvo que reconstituí entonces con mis lágrimas. Bebí su tóxico alimento, la leche agria de mi existencia solitaria. Reclamé mi herencia de odio y silencios mordaces, de miedo estéril y resentimiento sin fin. Bebí y su veneno encontró nueva morada en mi cuerpo.

Ese fue el primer paso para terminar de transformarme en bruja, dejar de temer al futuro al saber que cada día sería exactamente igual al anterior. Sin sueños, ni ilusiones, sólo un transcurrir monótono de horas en las que hay que hacer algo para sobrevivir, pero esta palabra es imprecisa porque indica lucha, un querer aferrarse a la vida. Y yo no lucho: destruyo.

Escucho movimiento en la habitación contigua, Jorge se ha levantado. Arrastra sus pasos hacia el baño. Lo imagino frotándose la somnolienta cara mientras manipula las llaves de la regadera con la otra mano. Me dirijo a su cuarto después de revisar el pulso de Julián.

Las sábanas de la cama de Jorge aún están tibias, levanto con cuidado algunos cabellos que dejó en la almohada. Los cuento: cinco. Empujo las cobijas hasta que encuentro otros dos para tener la cantidad que necesito. Reviso que todos tengan raíz antes de depositarlos en un pañuelo desechable que escondo en mis senos.

La primera vez que me leyeron el tarot sentí un escalofrío cuando vi el arcano XV. Quizás sea cierto que el diablo tiene senos. Es una mujer desdeñada y lujuriosa que exhibe las tetas para que nadie se fije en la espada embebida, en la sangre de su odio que sostiene con las garras.

Recuerdo ese día en que me supe especial. Una de mis compañeras de secundaria me había convencido de saltarnos la barda de la escuela y pasar el resto de la mañana en el centro de la ciudad. Estábamos comprando una nieve cuando escuché la voz rasposa de una vieja a mis espaldas.

—Te leo la mano, bonita —dijo, poniendo su mano sobre mi hombro. Giré la cabeza para ver a aquella desconocida que me había llamado de un modo en que nadie lo había hecho antes. Recuerdo haber sonreído con la gratitud de un gato abandonado que finalmente encuentra dueño, mientras mi compañera tiraba de mi manga. Sentía curiosidad y en cierto modo soberbia porque la gitana se había dirigido a mí y no a la otra colegiala.

—Anda, bonita, ¿no quieres saber lo que te depara el destino? —insistió la mujer con voz grave.

—Te va a decir puras tonterías, vámonos —susurró mi compañera con nerviosismo—. No tenemos dinero, señora —espetó desafiante, como si con ello fuera a ahuyentar a la mujer.

La gitana miró a la otra muchacha con sorna y enredando sus dedos con uñas sucias en mi muñeca me sonrió:

—Tengo que leer tus líneas… —siseó mientras abría la mano sudorosa y exponía mi palma a su ávido escrutinio.

En ese momento una parvada de palomas voló encima de nosotras proyectando la sombra de su aleteo en nuestros cuerpos. Una pluma gris aterrizó suavemente sobre la palma abierta. Yo me imaginaba que eso no podía ser más que una señal.

La mujer rió y cerró mi mano; la pluma resbaló y se fue flotando sin rumbo. La otra muchacha nos observaba con una mueca de reprobación en el rostro.

—¿Sabes? A ti no tengo que leerte la mano ni el tarot, sólo me basta verte los ojos para saber quién eres en realidad. —me susurró y se dio la media vuelta, alejándose.

—¡No, no!… ¡espérese! —la llamé sin que se detuviera. Miré recelosa a mi compañera—. ¡Eres una idiota! —le grité y salí corriendo detrás de la mujer antes de que le perdiera el rastro.

La seguí por una calle que fue agostándose hasta llegar a una casa cuya fachada estaba cubierta de enredadera. A pesar de la salvaje extensión de hiedra, la construcción daba una impresión de fría austeridad.

La puerta chirrió como si no la hubieran abierto en años. La mujer me miró de reojo y dejando la hoja de madera abierta. El interior me resultó inesperadamente iluminado; el olor a encierro mezclado con la huella dulzona de incienso me mareó. La gitana inclinó la cabeza señalando un sillón cubierto con un chal negro bordado con flores de brillantes colores para que me sentara. Permanecí bajo el umbral de la puerta. No tenía dinero ni posesión alguna que pudiera ofrecerle a la mujer en ese momento.

—Oiga, pero… yo no… —empecé a explicar, más ella me interrumpió.

—Hay cosas que no se pagan con dinero —dijo con tal

suavidad que me sentí impelida a hacer lo que me pidiera. Ella caminó hasta el sillón y puso una mano sobre el respaldo—. Siéntate.

Obedecí y la mujer se fue un momento a otra habitación. Aproveché para mirar el caos que reinaba en el lugar: había pilas de periódicos amontonados en el piso, la mayoría con las esquinas rizadas y el papel amarillento; muñecas de todos los tipos, algunas desnudas, otras sin cabeza o con el pelo trasquilado; platos con restos endurecidos de comida; envolturas, cajas, cables, un desorden que seguramente obedecía al abandono.

Escuché pasos y desvié la mirada de la procesión de hormigas que avanzaban sin descanso por una grieta en la pared. Una joven pálida, que llevaba un camisón de mangas largas, se aproximó furtivamente y se puso en cuclillas junto a mí. Yo miré hacia la puerta por donde la gitana se había ido y pensé en llamarla, pero entonces la joven empezó a hablar muy rápido, con voz temblorosa.

—Los muertos que no son sepultados en la tierra de sus padres están condenados a vagar errantes. Yo por eso tatué mi nombre y los de mis antepasados en mi brazo derecho. Como hacían los soldados lacedemonios[1] antes de entrar en batalla en caso de que murieran lejos de casa —me quedé mirándola con la boca muy abierta, sin comprender una palabra de lo que decía.

Ella parecía mirar a través de mí, sin que fuera capaz de notar mi azoro.

—¿Eh?

[1]Lacedemonia, fue en la antigua Grecia una porción del Peloponeso cuya ciudad más importante fue Esparta. De este pueblo destacan sus guerreros, cuya bravura y disciplina no encontraba equivalente en toda la región. Se dice que una madre al despedirse de su hijo que iba al campo de batalla le entregaba el escudo y le decía lo siguiente: Aut hunc aut in hoc (vuelve con él o sobre el), es decir vencedor o muerto, porque los que morían en la batalla eran conducidos a Lacedemonia sobre su mismo escudo.

—Han pasado muchas lunas y aún no me encuentran...
—dijo y suspiró con desasosiego—. Aquí sigo, sin encontrar el camino que lleva al lugar de descanso. Porque la existencia en el reino subterráneo sólo se logra tras derramar libaciones en el sepulcro para ungir los huesos durante las exequias... ¿Y a ti?, ¿dónde se te perdió el cuerpo?

Me hubiera reído, pero los vellos del cuerpo se me erizaron cuando sentí su mano fría, cerúlea, posarse sobre mi rodilla apenas cubierta por la falda de la escuela.

—Yo no...

—Los dioses no tienen piedad con los insepultos —prosiguió con la mirada rabiosa—, se alimentan de su carne corrompida y lo que más les gusta son las entrañas... —se rió con amargura y tocó su vientre.

Contuve el aliento al mirar sus manos, podía haber jurado que su camisón se manchó con un líquido negro que supuraba de su carne. Estaba a punto de gritar, aventarla y salir corriendo, pero en un parpadeo me di cuenta que la herida sangrante había sido producto de mi imaginación.

—El destino de los que exploran lo prohibido es peor. Un dolor inaudito y permanente les flagela el alma, peor que el fuego eterno. Ni siquiera existen palabras para describir el tormento que sufren. Pero escucha bien, sólo se condena al que aún sabiendo el peligro, no se detiene y se interna en el laberinto del abismo.

Me replegaba contra el asiento, tratando de poner distancia, alejarme de esa joven de mirada maníaca cuando finalmente regresó la gitana. La muchacha tembló y se escurrió hacia otra habitación rápida y silenciosamente.

—No le hagas caso, bonita —me dijo la mujer que traía dos vasos de agua en las manos—. Mi sobrina está perdida en la niebla... —señaló a manera de explicación.

Asentí lentamente y pasé la lengua por mis labios resecos. La mujer se sentó en un banquito frente a mí, dando la impresión de que se iba a poner a ordeñar. Me dio uno de los vasos y bebí con fruición, tratando de encontrar calma en el agua tibia tras la impresión que me dejó la joven con una mancha de sangre en el vientre.

La gitana me sonrió y cuando terminé de beber tomó mi mano entre las suyas. Entrecerró los ojos como si se preparara para entrar en trance y luego, sin mirarlas, empezó a trazar las líneas de mi mano con su índice, mientras emitía ruiditos que me parecieron de comprobación.

—Un alma joven... con ilusiones y miedos... Eres tímida. Te da miedo tu propio poder y prefieres negarlo... porque lo sientes como la esencia oscura de un lago profundo y amenazante. El conflicto entre los mundos de la mente y la materia te llevan a una búsqueda espiritual y el riesgo es que equivoques el camino. Veo una tendencia a involucrarte en relaciones negativas, motivadas por miedo a estar sola... en especial con un forastero. Entregada a fantasías y ensueños, la vida real te resulta carente de atractivo y por eso buscas explorar nuevas fronteras... —sus ojos se abrieron y, tras un ligero apretón cerró mi mano y la soltó —Parece que piensas que alguien robó tu brújula interior.

—¿Eso es todo? —murmuré decepcionada—. Léeme las cartas —le pedí señalando una gastada baraja que estaba sobre la mesa.

La mujer sonrió divertida y después de unos momentos en los que me dio la impresión de que disfrutaba mi impaciencia, me tendió el mazo de tarot, pidiéndome que mezclara las cartas mientras me concentraba en lo que quería saber.

Revolví las cartas mirando de reojo, con suspicacia, a la jovencita que nos espiaba sentada en sus talones desde el quicio de una puerta, mientras me esforzaba en escoger un tema entre muchos: el amor, el dinero, el éxito, mi madre... pero en realidad quería saberlo todo. La gitana me indicó que escogiera dos cartas sin voltearlas. Tomé las que estaban encima del mazo y se las di. Volteó la primera carta: mostraba un hombre con una varita en la mano, con una mesa delante que tenía diversos objetos encima.

—El mago... significa que puedes manejar los recursos disponibles, pero con sabiduría. Aunque las cosas saldrán a tu favor la mayoría de las veces, ten cuidado con darle mal uso a tus talentos.

—¿O sea que voy a tener todo lo que yo quiera? —pregunté emocionada.

—Si te aferras a ello... pero a veces, lo que uno quiere no siempre es lo mejor para ti o para los demás.

Me encogí de hombros, qué podía saber ella. Entonces volteó la segunda carta y mis ojos se afilaron sobre la imagen del demonio con senos.

—¿Q... qué es eso? —pregunté intrigada, yo estaba sentada casi en el filo del sillón, sintiendo una mezcla de nervios y entusiasmo.

—El diablo —dijo con voz sedosa y me miró directo a los ojos con intensidad, quizás también sabía leer la mirada.

—¿Y qué con él?... ¿qué significa?

—Las pasiones, el odio, el rencor... la sed de poder y control... lo exótico, lo prohibido... la destrucción —se rió y se encaminó a la otra habitación—. Eso es todo, cierra la puerta cuando salgas.

—¡No, no, dígame más! —le grité, extendiendo mi palma frente a su cara, conminándola a que continuara. Ella negó con la cabeza y se internó en el cuarto. Entonces reparé de nuevo en la joven que habló con voz grave:

—Márchate... y pídele a Dios que nunca conozcas al extranjero.

—¿Cuál extranjero?

—El diablo.

Me fui de casa de la gitana con la mente hecha un embrollo; tratando de entender lo que ella y la joven me habían dicho. En ese momento pensé que las palabras de la muchacha eran absurdas. No creía que fuera posible llegar a conocer al diablo, pero si así fuera, ¿qué aspecto tendría?

A los pocos días del incidente conocí a Julián. Varias veces me he preguntado si nuestra relación estaba predestinada o simplemente la forjé a partir de las palabras de la joven, porque él no fue el único ni el primer extranjero que conocí, simplemente fue el único que me cautivó. Sin duda alguna, aunque el diablo se especializa en tentarnos, su pecado no es el encanto de una sutil influencia, sino el descaro con el que nos extravía.

LAS RAMAS DEL ÁRBOL proyectan sus sombras sobre la cama de Jorge. Cambio las sábanas por un juego limpio y llevo las sucias al sótano. Las tiendo con cuidado sobre el piso. Mientras avanzo a gatas las recorro con mi olfato: puedo decir el lado en el que su cuerpo permaneció más tiempo; me recuesto sobre su huella, cierro los ojos y la primer imagen que viene a mi mente es la de su padre.

¿Amor u obsesión?... ¿Qué me ha mantenido unida a Julián después de tantos años? Quizás sólo se trata de un capricho, de la necesidad de poseerlo por completo sin que pueda volver a escapar de mí. Pero mi mente, mi cuerpo, las palabras que alguna vez me dijeron la gitana y su sobrina, me convencen de que siempre ha habido algo más, algo que nadie, excepto yo, comprende con claridad.

Sólo Julián ha impedido que dé el siguiente paso, cada vez que alineo las navajas sobre la tapa del excusado o vacío el contenido de los frascos de medicina formando una montaña de pastillas blancas y azules. Su rostro llega entonces a mi mente con tal exactitud que parece que estuviera frente a mí. Todo lo demás desaparece, dejo de sentir el mundo como una herida infectada de desprecio y guardo las hojas afiladas tras sólo haberme hecho unos pequeños cortes detrás de las rodillas, los suficientes para calmar mis ansias de dolor, o simplemente elijo un par de pastillas y devuelvo las otras a sus contenedores.

Me acerco a la caja donde están los objetos que necesitaré para la ceremonia de esta noche. Levanto la tapa y saco la primera fotografía que nos tomaron a Julián y a mí juntos. Cierro los ojos y localizo mentalmente su rostro en la segunda fila de alumnos.

He visto tantas veces esta imagen que la puedo reproducir en mi mente. El ojo izquierdo de Julián se ve más cerrado que el derecho, porque el sol nos pegaba de frente en el momento en que nos tomaron la fotografía. No sonríe aunque el niño gordo que está a su izquierda tiene una mueca que podría pasar por grito o carcajada. ¿Le estaría haciendo cosquillas o dando un pellizco? Yo estoy dos filas adelante, casi al centro de la imagen. Llevo el cabello recogido. Otra joven y yo sostenemos un cartel que cubre mis incipientes senos, con los datos del instituto y el grado: segundo de secundaria.

Julián era ese joven de acento extraño y pestañas tupidas que se incorporó a mi grupo mediados del ciclo escolar. Cuando lo vi entrar por primera vez al salón sentí una atracción inmediata y mi mirada empezó a seguirlo a todas partes.

Por las mañanas, Julián esperaba en el parque que estaba frente a la escuela a que iniciaran las clases. Se sentaba en el pasto, reclinado en un árbol torcido, escribiendo no sé qué en un maltrecho cuaderno. Cuando noté su rutina, escogí un árbol desde el cual podía observarlo a poca distancia. En las últimas semanas, habíamos iniciado un ritual en el que Julián levantaba la vista del cuaderno y se quedaba mirándome largo rato. Yo desviaba apenas la mirada, sonriendo de un modo que se suponía fuera coqueto. A veces él reía, divertido, y regresaba su atención a escribir, otras simplemente guardaba el cuaderno y los lápices en su mochila con brusquedad, molesto, y se dirigía a la escuela con paso firme. Esas ocasiones me dejaban confundida y triste el resto del día.

Ya en el aula me daba la impresión de que me evitaba, parecía que nunca hubiéramos intercambiado miradas de soslayo y algunas sonrisas. Me repetía que no me estaba ignorando, que el motivo por el que no me dirigía la palabra se debía simplemente a que ocupábamos asientos en los extremos opuestos del salón. De todas formas me dolía. Invocaba aquella ocasión cuando le había preguntado a la gitana si iría a tener todo lo que yo quisiera y ella había dicho que sí. Yo lo quería a él. Por eso buscaba cualquier pretexto para dirigirme al cesto de basura y pasar frente a su banca, pero Julián se limitaba a escribir en el cuaderno o a molestar al gordo de la foto.

Me contentaba con creer que el ritual antes de clases duraría por siempre, pero una mañana no llegó a nuestro encuentro. Esperé en el parque hasta después de que sonó la campana; me amonestaron por llegar tarde. Entré al salón contrariada, imaginaba que alguna enfermedad lo consumía o que había sufrido un accidente de camino a la escuela. Para mi asombro lo encontré sentado en su asiento. Sentí una alegría tan grande que casi me animé a hablarle, pero entonces noté que algo estaba mal, muy mal. No estaba devastado como yo, por haber perdido nuestro encuentro: abrazaba sonriente a otra chica.

Mi sorpresa se fue transformando en furia cuando en el descanso descubrí que entrelazaba sus dedos con los de ella y robaba besos fugaces de su boca pintada de rosa. ¿Qué significa esto, una prueba?, le grité al espejo mientras lloraba en el baño. Respondí con una mirada rabiosa al gritito sorprendido de una muchacha que en ese momento salía del excusado.

A la hora de la salida caminé detrás de ellos, pisaba mis sueños con cada paso. Me detuve de golpe cuando se sentaron en *nuestro* árbol, y Julián la besó de nuevo: sus bocas se hicieron una mientras el corazón se me partía en dos.

Luego él la encaminó hacia la fila de autobuses. Empecé a odiarlo en el momento en que la despidió susurrándole palabras al oído, ¿qué le dijo?... ¿Que la quería? ¿Qué soñaría con ella?

Lo odié porque ella debía de haber sido yo, y mi odio me animó a perseguirlo sin importarme a dónde se dirigiera. Avanzamos varias cuadras, él algunos metros adelante, sumido en sus pensamientos, quizás pensaba en ella, repasando mentalmente el sabor de su brillo de labios, el olor de su cabello negro y lacio, la temperatura de su lengua.

Apuré el paso cuando Julián dio vuelta en una calle, temía que la distancia, que consideré prudente para pasar desapercibida, me costara perder su rastro; me eché a correr. Para mi sorpresa, al doblar la esquina lo encontré recargado en un muro, me esperaba con una mirada inquisitiva.

Sentía mis mejillas calientes; deseaba estar de nuevo reclinada en el árbol del parque para clavar mi mirada en el libro que tendría sobre el regazo, y disimular el efecto que él tenía en mí.

Avanzó hasta donde yo estaba sin romper el contacto con mi mirada. Envidiaba la certeza de sus pasos mientras sentía mis piernas incapaces de sostener mi peso por mucho tiempo más. Me ofreció su mano y sin que mediaran las palabras la tomé y lo seguí por calles empedradas hasta que llegamos a un callejón que se extendía a un costado de un edificio en proceso de demolición.

Creía que el corazón me había dejado de latir en el momento en que sus pupilas me penetraron, o tal vez sólo dejé de respirar, pero mareada y flotando dejé que me guiara hasta el fondo del callejón, donde sólo estaban algunos contenedores de basura y dos viejos olmos cuyos troncos se enlazaban en un eterno abrazo de ramas.

Soltó mi mano y me imaginé que caería en un vacío infinito. Me arrinconó entonces contra la unión entre los troncos. Tomó mi rostro entre sus manos rasposas y, lo recuerdo bien, conforme se iba acercando con los ojos entrecerrados, dejó escapar un quejido muy suave y quedo que desató algo que dormía dentro de mí. Unido al vértigo que me provocó su lamento sentí su lengua entrar violentamente en mi boca, mientras una de sus manos sostenía la curvatura de mi cabeza y la otra acariciaba primero mi mejilla, luego la comisura de mis labios, mi quijada y hasta mi cuello. La desesperación inicial se transformó poco a poco en un masaje lento y profundo de sus manos y su lengua en mi ser.

Tras ése, el primer y único beso de ansiedad desmedida, me abandonó por primera vez. Al separarse nuestras bocas, sonrió ligeramente y se dio la vuelta. Yo lo miraba impávida salir del callejón. Me quedé mucho tiempo, quizás horas, recargada contra los árboles. Hasta que el viento de la tarde me envolvió en un abrazo frío, empujándome como una hoja seca hacia mi propio hogar.

No fue hasta años después que supe que su apellido, Espir, significa soplo, aliento, en francés antiguo. Quizás, como Dios, en ese primer beso me había insuflado vida, una vida que estaría dedicada a adorarlo, a creer que es su aliento el que sopla a mis espaldas y agita mi cabello. Que me lleva a correr a ciegas tras su abrazo invisible: sutil como un murmullo, a veces, violento como una tempestad, otras.

Julián es como el viento, está y no está. Aunque duerme en la habitación de al lado, su presencia nunca fue tan ausente como ahora. No obstante, lo que hemos vivido me arrastra como un torbellino hacia el pasado hasta dejarme hecha jirones, preguntándome porqué dejé que fuera él quien dominara mi espíritu.

¿Pero cómo podría atrapar al viento, que no es como esta fotografía que aferro contra mi cuerpo hasta que las esquinas del portarretratos amenazan con dejar marcas en mi piel? ¿Cómo podría capturar su hálito en mis pulmones y soltar el aire, el miedo, los recuerdos que me sostienen?

Un zumbido me hace levantar el rostro y ubicarme de nuevo en el sótano junto a la caja de objetos. Una palomilla hace espirales y se estrella torpemente contra mi cabeza. La atrapo con la mano, siento sus alas vibrar de manera intermitente, como si intentara transmitirme un mensaje en código.

Tal vez si la liberara, me digo, su vuelo me indicaría una nueva dirección, quizás fuera de aquí, como si existiera otra posibilidad, un destino distinto. Aprieto el puño. Cuando extiendo mis dedos, encuentro al insecto muerto en la palma de mi mano. Sonrío mientras le arranco las alas, prefiero las certezas a las señales. Prefiero saber que soy yo quien decide cuándo moriremos todos.

Al principio me aterraba la idea de que se encontrara nuestros cuerpos —de Julián, Jorge y mío—, hasta que el olor a putrefacción empezara a molestar a los vecinos. Me daba escalofríos pensar en nuestros cadáveres llenándose de llagas, con gusanos brotando promiscuamente por la nariz y los oídos o que simplemente se vaciaran las cuencas de los ojos; las pestañas de arriba adheridas a las de abajo por ese órgano vítreo que hasta hoy ha sido el vehículo de nuestras miradas.

Dejaré una ventana abierta para que los pájaros vengan a alimentarse de nuestras larvas, para que los gatos arañen el caucho de nuestra piel sin vida, hasta que un ladrón se introduzca creyendo que encontrará un botín fácil y que, cuando se escurra por la ventana del baño, al pisar la bañera lo primero que toquen sus suelas sea el concentrado viscoso y negro que durante días han expulsado nuestros restos. No me preocuparé más por eso. Llegada la hora las cosas pueden salir diferentes a lo planeado. Quizás Jorge, joven y fuerte, consiga seguir con vida aunque le quede el alma rota.

Me siento en mis talones y continúo hurgando las cosas que están en la caja. Una esquirla me pincha el índice. Frunzo el ceño mientras remuevo los objetos y compruebo que el espejo que Jorge estrelló por accidente el día en que lo conocí, ha terminado de romperse. En mi mueca, multiplicada en los fragmentos manchados veo decepción y amargura, pero también un brillo ínfimo de esperanza.

Pienso que estoy igual que el espejo: quebrada. Si pudiera unir todos mis retazos, encontrar la secuencia que une un pedazo de historia con el siguiente, quizás podría llegar a sentirme completa. Porque no se trata sólo de entreverar las cosas en un orden cronológico. La vida no es como esos dibujos en los que se une un punto con el siguiente, del uno al dos y de ahí al tres. Los eventos significativos van del 5 al 24 y de ahí al 3 y de nuevo al 5, siguiendo el orden errático del impulso, hasta que emerge un dibujo único: el mapa de la propia existencia, o por lo menos el de lo que ha sido la vida hasta hoy con sus giros y vueltas, que visitan una y otra vez el mismo punto desde cualquier otra distancia, para representar las manías, los defectos, el carácter. ¿Saber esto, sería suficiente para cambiar el rumbo? ¿Decidir distinto?

Me incorporo y el dedo vuelve a sangrar cuando retiro la astilla de vidrio. Presiono mi lengua contra la herida mientras levanto la caja del piso y la pongo sobre la lavadora que en este momento me sirve de mesa. Empiezo a sacar cada uno de los objetos, acomodándolos sin un orden específico:

a la izquierda pongo una lata en forma de escarabajo que contiene alas secas de insectos, donde deposito las que acabo de arrancar a la palomilla; en el centro un reloj de pulsera con el extensible roto junto con algunos recortes de periódico. Los restos del espejo y una pequeña botella con pedazos de vidrio azul y plateado, los acomodo a la derecha sobre la foto de la secundaria.

Meto la mano en la caja como un mago a su sombrero. Sólo quedan tres objetos. Extraigo primero la bolsa con cenizas y la dejo junto a los recortes de periódico, luego el anillo en forma de serpiente que deslizo en mi dedo medio para que no se salga, finalmente mis manos desentierran del fondo de la caja un pequeño cuadernillo azul de cubierta gastada.

Contengo el aliento. Pareciera que las apenas 40 hojas empastadas pesaran más que un ancla; quizás se debe a que en su interior habitan las frases que han orientado mi vida hacia el descenso.

Me arrodillo frente a la lavadora como si fuera a empezar a orar. Abro con cuidado el libro cuyas hojas están ligeramente onduladas por efecto del agua. Las letras, de tan borradas, parecen el fantasma de palabras arcanas.

El secreto está en tu nombre: murmuro con voz tenue, reverencial, la primer oración; porque en realidad no es más que eso: una plegaria que vuela hacia el cielo o el infierno con el sonido de mi aliento, preñada de una súplica, de necesidad de entender. ¿Dónde estás, dónde te perdí?, me pregunto en un susurro mientras una lágrima resbala de la comisura de mi ojo hasta mi barbilla.

Unos pasos suaves me obligan a mirar hacia las escaleras. Parece que ese ruido tan cotidiano lo escuchara por primera vez con una sonoridad casi trágica, cual si se tratara de tambores de guerra anunciando solemnemente el inicio de la batalla.

Me incorporo y subo las escaleras, deteniendo a Jorge antes de que cruce el umbral.

—Dámela, yo la llevo —le digo tomando la ropa sucia que trae en las manos.

—Gracias —sonríe y me da un tímido abrazo. Froto su espalda un momento mientras él descansa su mejilla en mi pecho—. Ya me siento mejor. ¿Tú crees que pueda salir un rato?

—Tal vez mañana… hoy no quiero que salgas.

—¡Pero ayer dijiste lo mismo! —refunfuña.

—Y te sentiste mal en la tarde… —tomo su barbilla y levanto su cara—, ¿no es cierto?

—El doctor dijo que no tengo nada… —replica con un mohín testarudo en la boca.

—Vamos a hacer una cosa: desayuna y si te sigues sintiendo bien, puedes salir un rato —le digo, empujándolo de nuevo por donde vino.

Doy media vuelta y bajo las escaleras. Arrojo la ropa en un cesto y miro pensativa la figura de Jorge alejándose con una lentitud innecesaria hacia la cocina. Decido no correr riesgos. Saco una llave del bolsillo delantero de mi bata y abro el candado con que mantengo asegurado uno de los gabinetes.

En el interior hay dos muñecos de plastilina. Extraigo los cabellos que recogí hace unos momentos de la cama de Jorge y los presiono en la cabeza de la figura más pequeña, después hundo mi uña a la altura del vientre del muñeco, en el pequeño hueco que formo unto algo de la sangre seca de mi dedo, después froto polvo de las alas de insecto que tengo en la lata en forma de escarabajo, finalmente dejo caer una gota de mi saliva mientras murmuro:

Te conjuro señor de la profunda negrura, del grito ahogado y del odio en Legión, te conjuro por la sangre seca de mis venas y las alas secas de mis sueños… Enreda a

Jorge con el ácido veneno de mis mentiras, encarcélalo bajo el manto oscuro de mi voluntad, no dejes que escape a mi dominio antes de que amanezca y pueda, señor, entregarte su alma para engrandecer tu imperio.

Deposito el muñeco bocabajo, junto a la figura más grande y cierro el candado de mi escondite. Me dirijo a la cocina, pero mientras cruzo la estancia escucho que llaman a la puerta. Al asomarme por una de las ventanas de la sala principal veo al cartero parado detrás de la reja. Trae un paquete en las manos. Aguardo unos momentos, con la ilusión de que se dé por vencido, pero al tercer timbrazo salgo a atenderlo antes de que Jorge lo haga.

—Yo voy —anuncio cuando Jorge se asoma por el pasillo con el plato de cereal en la mano.

Al salir, noto que ha descendido la temperatura a pesar de que ya casi es mediodía. Un viento ligero hace que las plantas se sacudan produciendo un sonido de insectos batiendo sus alas. Las hojas secas se arrastran arañando el camino adoquinado de la puerta a la reja. El jardín está crecido y descuidado, nadie lo arregla desde llegué a vivir aquí, hace ya varios meses, con la promesa de cuidar de Jorge y de Julián.

Quizás el cartero se siente atrapado por el abandono y el desgaste que emana de la casa; se recarga en la reja cansado. La sonrisa que me había dirigido cuando abrí la puerta se ha desvanecido de su rostro y su mirada recorre inquieta el velo grisáceo de la fachada carcomida en las esquinas, como si temiera que las manchas de humedad pudieran cobrar vida de repente.

Detrás de estas paredes el tiempo avanza más rápido sobre las cosas que sobre las personas que la habitamos. Los muebles crujen y las paredes se agrietan como si los años se les hubieran agolpado, mientras que Jorge, Julián y yo permanecemos suspendidos en la lozanía de un letargo que terminará esta noche.

—¿Qué se le ofrece?

—Paquete para el señor Espir —dice el hombre leyendo con dificultad los datos manuscritos en la pequeña caja.

El cartero espera una propina, pero tomo el paquete y luego de firmar de recibido, cierro la reja. El hombre permanece en el mismo sitio por unos segundos, como si no comprendiera por qué no le he pedido que aguarde un momento. Su expresión me recuerda a mi misma hace varios años. Me pregunto si el tío de Julián sintió lo mismo que yo ahora, una suerte de lástima, cuando vine aquel verano de mi adolescencia todas las tardes y aguardaba por horas frente a la reja, con la esperanza de que me dejara hablar con su sobrino.

Sacudo la cabeza, Jean Espir era incapaz de sentir lástima; creo que lo único que llegó a sentir a lo largo de su vida fue desdén. Me equivoco, en sus últimos momentos sintió sorpresa, eso lo sé bien.

El día que conocí al viejo Espir pude leer en su mirada que me consideraba muy por debajo de su estirpe europea. Todavía me enfurece recordarlo aparentar que no me conocía aunque Julián nos hubiera presentado no una sino varias veces; invariablemente el hombre arrugaba la nariz mientras me barría con la mirada y le volvía a preguntar a Julián quién era yo.

Rodeo la casa y entro por la puerta trasera, la que da directamente a la cocina. Parece que fue ayer cuando vine por primera vez y en lugar de cruzar el umbral principal, Julián prefirió entrar precisamente por esta puerta.

Nos habían pedido un trabajo en la clase de historia y al formar los equipos, el maestro aparejó su nombre con el mío. Habíamos quedado de vernos el siguiente sábado afuera de la escuela. Mi padre me dejó en el parque que estaba enfrente y se fue a trabajar. Yo esperaba pasar el mayor tiempo posible en compañía de Julián, sabiendo que papá no llegaría a la casa hasta las cuatro o cinco de la tarde.

Julián ya estaba ahí cuando me aproximé a la entrada de la escuela; levantó la mano en gesto de saludo y caminamos hacia su casa por una ruta que hasta entonces sólo había imaginado en mi mente. No platicamos durante el trayecto, pero una especie de orgullo por ir a su lado me hacía avanzar erguida.

Estoy segura de haber sentido vértigo al pasar junto al callejón y recordar el beso que Julián me había dado unas semanas antes en ese mismo sitio, pero él se siguió de largo como si no lo recordara. Avanzamos unas calles más y nos detuvimos frente a esta enorme casona. Aunque entonces la pintura de la fachada también estaba escarapelada en partes, todavía tenía un aspecto señorial, muy distinto a la modesta casa en la que mi padre y yo vivíamos.

—¿A… aquí vives? —pregunté mientras él abría la reja y se hacía a un lado para dejarme pasar.

—Es la casa de mi tío —respondió taciturno. —Él es… un poco raro… —añadió conforme rodeábamos una fuente y nos acercábamos a la parte trasera. Yo me encogí de hombros y lo seguí al interior, frío y oscuro, como si los rayos del sol se rehusaran a cruzar los amplios ventanales de la cocina.

—Qué grande… —murmuré apreciando el refrigerador de dos puertas, los gabinetes de madera oscura, la elegante mesa de cristal y las sillas de hierro forjado. Nada más la cocina era del tamaño de la sala y el comedor de mi casa. Repentinamente sentí un familiar cosquilleo en la nariz y miré en derredor para encontrar la fuente de mis síntomas alérgicos. Estornudé y murmuré una disculpa, mientras buscaba un pañuelo desechable en mi mochila.

—Y, ¿quién es esta niña? —se escuchó la voz de un hombre desde el corredor.

—Es una compañera de la escuela. Tenemos que hacer un ensayo juntos… ya te había dicho —explicó Julián mirando intermitentemente de mi rostro al de aquel hombre que finalmente dio unos pasos y se internó en la cocina.

Volví a estornudar. El hombre, gordo y de un cabello tan rubio que parecía blanco, me miró despectivamente. En ese momento un cuarteto de gatos avanzó apostándose alrededor de él, como si fueran una guardia felina. Varios pares de ojos amarillos me miraron con arrogancia, quizás conscientes de mi malestar. No sólo les temía a los gatos porque me provocaban asma, sino que además me hicieron sentir como una intrusa. Aquellos gatos intuían que yo no estaba ahí porque tenía que hacer un trabajo con Julián, sino para estar con él. Di varios pasos hacia atrás, buscando afanosamente el broncodilatador en mi mochila.

—¿Qué te pasa, niña? —me preguntó el tío de Julián, yo negué con la cabeza aguantando la respiración.

El gordo resopló hastiado y caminó indiferentemente con dirección al patio seguido por los gatos. El último de ellos restregó su cola contra mis rodillas antes de salir y trepar por un muro cubierto de bugambilias y otras plantas trepadoras.

—Soy... soy... a...lérgica... a los gatos —le dije a Julián mientras tomaba profundas aspiraciones del broncodilatador, temiendo que se me cerrara la garganta de un momento a otro y empezara a sentir que en lugar de aire respirara agua cenagosa. Él me miró preocupado.

—¿Puedes caminar? —asentí y colgó mi mochila de su hombro, después se encaminó hacia las escaleras —Ven, los gatos nunca entran a mi cuarto.

Seguí a Julián por un pasillo pobremente iluminado, luego subimos unas escaleras que crujían bajo nuestro peso. El olor a cera para maderas finas flotaba suavemente hasta mis pulmones irritados. La casa todavía huele así aunque ahora no hay tantos muebles.

En el segundo piso doblamos a la derecha y caminamos hasta el final del corredor para llegar a una puerta pintada de verde oscuro. Entramos y él dejó la mochila en el piso, después corrió las cortinas y abrió la puerta del balcón.

—Siéntate —me pidió palmeando suavemente el espacio de la cama que quedaba frente al balcón. Así lo hice, enfocada en llenar mis pulmones lenta y profundamente.

—Gracias, ya me siento mejor —murmuré tras unos minutos de respiración acompasada.

—¿Sabes?, no me había dado cuenta, pero te pareces a mi mamá —dijo con una sonrisa que entonces me pareció tímida, mientras se agachaba un poco y estudiaba cuidadosamente mis rasgos.

—¿De veras? —no quise saber si eso era bueno o malo, aunque temía que me odiara por la repentina asociación, o simplemente desarrollara un afecto fraternal hacia mi persona.

—Sí... En lo pálida, como... como si también... —señaló pasando un dedo tembloroso por mi mejilla, apenas rozándola—. Olvídalo —cortó de repente y se dirigió al escritorio que estaba en el extremo opuesto a la cama. Sacó varios libros de unos estantes y los empezó a abrir, pasando las hojas bruscamente—. ¿De qué es el trabajo?... ¿La guerra francoprusiana?

Caminé hacia él con una necesidad de confortarlo. Percibía en sus facciones una dolorosa confusión que lo hacía ver más niño y vulnerable.

—¿Es ella? —inquirí señalando uno de los portarretratos que había sobre el escritorio. En la fotografía aparecía una mujer delgada y de rostro sereno sentada en una enorme silla de mimbre en una terraza soleada. Había algo nostálgico en la imagen: la mujer sonreía sutilmente, casi podría decirse que con tristeza.

Julián bajó el portarretratos para ocultar la imagen y me dirigió una mirada de advertencia.

—Vamos a empezar.

Trabajamos algunas horas en medio de un silencio incómodo, interrumpido por esporádicas preguntas para confirmar los datos que estábamos recopilando en tarjetas y que después organizaríamos para redactar el ensayo. Varias veces estuve a punto de levantar el portarretrato para ver de nuevo el rostro de esa mujer, su madre, y detectar qué había visto de ella en mí.

—Voy a estirar las piernas —anunció de repente. Soltó la pluma y se puso de pie frotándose los ojos—. ¿Quieres agua?

—Sí, por favor.

—Regreso en un momento —me pareció que estaba esforzándose por aparentar que era cansancio y no tristeza lo que sentía.

Una vez que salió, levanté cuidadosamente el portarretrato y miré la foto con curiosidad. En realidad no encontraba ningún parecido entre ella y yo, quizás que las dos teníamos los ojos oscuros. Pero su cabello era lacio y el mío ondulado, ella era una mujer hecha y derecha y yo todavía parecía una chiquilla, sin senos ni caderas. Desarrollo tardío, le había dicho el médico a mi papá cuando me llevó con aquél, luego de que todas mis amigas de la escuela hubieran empezado a reglar y yo no.

El aleteo de un pájaro me hizo girar hacia la ventana. Coloqué el portarretratos en la misma posición en que Julián lo había dejado y caminé hacia el balcón. Me senté en la cama admirando el jardín y la reja que lo bordeaba, más allá de ésta se podía ver la calle, silenciosa a esta hora del día. Había unas revistas en el buró y tomé algunas, hojeándolas distraídamente. Eran de autos, crucigramas y otras cosas aburridas. Mientras las volvía a poner en su lugar noté que el cajón del buró estaba entreabierto. Traté de mirar por la rendija lo que había en el interior. La curiosidad empezaba a humedecerme las palmas. Di un vistazo rápido a la puerta y me prometí tan sólo abrir el cajón, echar una ojeada y cerrarlo.

Jalé con facilidad del tirador y encontré únicamente un delgado cuaderno de pastas azules con las esquinas maltratadas. Aunque el corazón me latía con fuerza en el pecho decidí arriesgarme y ver rápidamente qué había escrito Julián en lo que supuse era su diario.

Tomé el cuaderno y lo abrí más o menos a la mitad, donde faltaban unas hojas. Empecé a leer en la página anterior al hueco:

No voy a volver a salir de aquí. NUNCA. Ayer todo se fue a la mierda. Iba a ir a la playa con Lázaro y cuando fui a avisarle a mamá que ya me iba… Ni siquiera puedo escribirlo.

Releí el párrafo, luego estaba la orilla de un par de hojas arrancadas. En la siguiente página la letra era descuidada, hecha con premura, y estaba escrita con una tinta distinta a la anterior, porque a pesar de que también era negra, el trazo era más grueso. Di un vistazo a la puerta y me arriesgué a continuar leyendo.

Cada que cierro los ojos veo su bata abierta y es como si estuviera otra vez ahí, mirándole las tetas como un pendejo, y aunque quería mirar para otro lado no podía porque había algo raro. ¿El color de la piel?, ¿el tamaño?, yo qué sé.

Ella me miró y me dio miedo, porque sus ojos parecían de plástico como los de las muñecas. No podía ni tragar saliva, sólo la miraba como idiota con la boca medio abierta. Puta madre... entonces la vi... era una bola que parecía una tercera teta.

Anoche papá volvió a abrir la puerta de mi cuarto, y otra vez me hice el dormido. Llevo varios días así, echado en la cama hasta que el cuerpo se me acalambra.

El otro día busqué en la biblioteca, para entender qué demonios le está pasando a mi madre y toda la noche tuve pesadillas, me levanté como cuatro veces, fui a la cocina y tomé un cuchillo. Lo tengo abajo de la cama.

Pensé que si tenía los huevos para ir a cortarle esa maldita bola y arrojarla al mar para que se la comieran los peces y se atiborraran de esa mierda hasta que explotaran, se me iría el miedo. Pero leí que arrancar esa porquería hace que crezcan otras más.

¿Y qué va a pasar luego de que la operen? ¿Qué va a pasar cuando se llene de más bolas y se muera????

—¡¿Qué estás haciendo?! —gritó Julián, dejando con violencia el vaso de agua en el escritorio. En unos cuantos pasos ya estaba frente a mí y me arrebató el diario de las manos—. ¿Por qué estás espiando mis cosas?

—Yo... no...

Me puse de pie y caminé vacilante hacia el escritorio. Empecé a guardar mis cosas en la mochila, maldiciendo mi suerte por no haber dejado el diario en el cajón sin que Julián se diera cuenta.

—Ella... ella murió. —escuché que decía con la voz quebrada.

Detuve mis movimientos pero no me atreví a girar y presenciar su llanto.

—Lo siento... Mi... mi mamá también está muerta —no sé por qué mentí, pero en cierto modo, luego de tantos años sin verla, era como si nunca hubiera formado parte de mi vida, como si fuera el recuerdo vago de una película de la que no había visto el final. Viré el rostro tentativamente, quería ver la reacción de Julián. Él miraba al vacío, como si no pudiera considerar posible tamaña coincidencia. De súbito se levantó de la cama y avanzó hasta mí, me abrazó de un modo sofocante.

—¿También estaba enferma? —me preguntó con algo que parecía desesperación enturbiándole los ojos.

Enterré mi rostro en su pecho por respuesta. No podía mirarlo a la cara y decir sí o no. Me imaginaba que él pensó que el dolor me había impedido hablar, un dolor que sólo él conocía y que me convencí que yo también tenía, porque nuestras pérdidas, a final de cuentas, se sentían igual: rabia por una ausencia demasiado temprana.

Julián besó mi mejilla con un cariño que nadie me había demostrado antes y rompí a llorar. Qué estúpida, nada más necesitaba un poco de afecto para actuar como una mocosa sentimental.

Mi madre no significaba nada para mí. Apenas recordaba su rostro o su perfume. Su ausencia no se debía a la muerte, lo que la podría haber vuelto una especie de mártir en mi memoria, sino a un crimen que papá ocultaba celosamente y que me hacía repudiarla. En casa nunca se le mencionaba, era como si su mera evocación fuera un asunto prohibido. Quizás por eso cuando le dije a Julián que mi madre también había muerto se me cortó la voz. No, no era dolor, era que esa palabra, mamá, se había atrofiado en mi garganta.

Toso como si quisiera escupir algo que no me deja respirar, pero el simple recuerdo de mi madre me asfixiará por siempre, con el obstinado picor de sus restos chamuscados.

—¿Qué te pasa? —me pregunta Jorge, sin despegar la vista de su plato casi vacío.

—Nada.

—¿Quién era?

—El cartero… un paquete para tu papá o para tu tío abuelo —menciono encogiéndome de hombros y dejo el envoltorio en la isla central de la cocina.

—¿Por qué no lo abres? —me pregunta curioso.

—Porque no es mío… ni tuyo… —agrego cuando Jorge sopesa y mueve el paquete, tratando de adivinar su contenido.

—Tal vez es para mí… yo también soy el señor J. Espir —me dice con una sonrisa traviesa.

Lo miro de un modo cómplice y acomodo delicadamente algunos rizos que le caen sobre la frente detrás de su oreja, mientras él empieza a arrancar la envoltura como si se tratara de un regalo de cumpleaños.

—¿Es eso cierto, Jorge?, ¿ya eres todo un señor…?

Jorge se sonroja y después niega con una sonrisa tímida en su rostro.

—Bueno… yo…

Lo hago callar poniendo mi índice herido sobre sus labios.

Los presiono un momento y luego arrastro mi dedo hacia abajo. Su labio tiembla y sus ojos me miran como lo han hecho en otras ocasiones, con una mezcla de azoro y ganas. Ganas de que le dé una señal más contundente.

—Tienes un poco de leche... aquí —digo y tallo su labio inferior con tosquedad.

He llegado a pensar que destruir a Jorge será la tarea más difícil, pero entonces reflexiono: él jamás debió haber nacido. Además, ¿qué haría un mocoso de trece años sin su familia? Yo voy a evitarle sufrimientos innecesarios. Me aseguraré de que su cadáver mantenga la lozanía que ahora tiene, lo ungiré con aceites y lo envolveré con cuidado en telas de lino blanco. Sólo dejaré su rostro expuesto para darle un último beso. Ojalá sus ojos estén abiertos, para ver ese ámbar que él y su padre comparten y que sea lo último que me quede de ellos: el oro de la vida extinto, todos los recuerdos y los reproches borrados, todas las oportunidades segadas.

—¿En qué piensas? —pregunta Jorge mordisqueándose el labio inferior.

—En nada —replico tajante—. Estoy cansada. Anda, abre ese paquete de una buena vez.

Jorge deja la envoltura a un lado y levanta la tapa de la pequeña caja. En el interior está una mariposa de cristal casi idéntica a la que alguna vez Julián me regaló. Siento que el corazón se me encoge en el pecho.

—Mira... es como las de la colección que hay en la biblioteca.

—Ponla junto a las demás —le ordeno y recojo el plato sucio. Me froto las sienes preguntándome quién enviaría esta nueva mariposa, para qué lo harían si el viejo Espir está muerto y las pocas posesiones que aún no se han vendido, están a punto de ser embargadas.

EL TÍO DE JULIÁN era coleccionista de objetos antiguos. Frecuentemente prestaba sus libros, pinturas y esculturas para exposiciones privadas, pero la colección que más le enorgullecía eran las miniaturas que están en una vitrina de la biblioteca.

Las ocasiones en que llegué a venir a esta casa durante mi adolescencia, inventaba cualquier pretexto para entrar a los cuartos que no conocía: fingía haberme confundido de puerta, decía que tenía que usar el baño, pedía un poco de agua para quedarme a solas y escurrirme a la habitación de al lado. Cualquier excusa era válida para aventurarme en mis secretas exploraciones y dejar que mi mirada se intoxicara con la profusión de objetos, telas y pinturas que enseñoreaban cada cuarto.

Aquella tarde, cuando entré a la biblioteca por primera vez, me quedé como en trance. Me sentí dividida entre revisar con detalle los hermosos muebles, las tapicerías de brocados complicadísimos, o las esculturas de bronce y mármol que seguramente provenían de los lugares y épocas más remotos. Me sentí abrumada por la cantidad de estímulos que seducían mi atención, pero finalmente me dirigí hacia la vitrina de caoba que se extendía de techo a piso en la pared del fondo: cada una de sus repisas estaba poblada con las miniaturas más exquisitas.

Di unos pasos hacia el imponente despliegue de figuras, los ojos se me llenaron de elefantes, soldados, esclavos, peces, unicornios, máquinas de coser, jarras, hasta un buitre, todos de una escala muy reducida, sin que por ello mermara la calidad de los detalles.

—Poción de amor, anónimo del siglo XIV —dijo a mis espaldas el gordo Espir con su voz de tintes exasperados. Giré en redondo con el corazón latiéndome en las sienes.

—Ah... —atiné a decir con un hilillo de voz y el rubor que tanto detestaba quemándome las mejillas.

Supe que el tío de Julián se refería a una pintura que estaba arriba de la chimenea, cuya protagonista era una joven que vertía cuidadosamente una pócima sobre un corazón. Desde el fondo, un hombre miraba al interior de la habitación sin que pareciera reparar en las acciones de la joven, sólo en la turgente desnudez de su cuerpo.

—Así son las mujeres, embrujan con su carne a los ingenuos, y luego les hacen beber brebajes que los vuelven idiotas... —indicó sin siquiera mirarme, absorto en desentrañar el misterio de la imagen—. Es tarde, niña, vete a tu casa.

Me obligué a meter las manos en los bolsillos para evitar la tentación de tomar una de las miniaturas. Habría sido fácil agarrar el diminuto mico vestido con un tutú, pero no quería cualquier figura. Quería la mariposa de alas azules y marcas plateadas que descansaba en la repisa superior.

—¿Y... esa mariposa? —me atreví a preguntar, extendiendo mi brazo hasta casi rozarla con mi índice y me pareció que una de sus alas fulguraba destellos como si estuviera a punto de echarse a volar.

—Es una reproducción de una *Speyeria diana*, la mariposa de la diosa lunar —indicó como si se tratara de un conocimiento corriente.

En ese momento Julián entró al despacho y puso su mano sobre la mía.

— No la toques —dijo con una voz que sonó a ruego.

La mirada recelosa de Jean Espir, reveló que mi actitud le había advertido mis verdaderas intenciones, así que me alejé de manera reticente, no sin antes echar un último vistazo, lleno de anhelo, a la codiciada miniatura.

Siempre me habían gustado los insectos alados, pero esta réplica era perfecta, de colores tan brillantes, que su belleza castigaba mi mirada, me obligaba a parpadear.

—Mi mamá inició la colección de miniaturas. Esta mariposa es la última que compró —me explicó Julián, mientras nos encaminábamos hacia el jardín.

—Yo también colecciono mariposas —dije en un murmullo.

—Ya vete a tu casa —me ordenó el viejo luego de entornar los ojos con fastidio.

Julián y yo nos despedimos con un tenue beso en la mejilla. Sus ojos de tigre, que parecían monedas de oro cuando el sol los rozaba, se quedaron unos momentos estudiando mis facciones.

—Un día te voy a dar esa mariposa —susurró en mi oído antes de cerrar la reja.

Me pregunto si la llegada de esta nueva mariposa es un indicio de que aún hay lugar para transformar las cosas, como si la vida intentara hacerme cambiar de opinión ahora que he decidido ponerle fin al dolor y la incertidumbre. Pero me doy cuenta que esa mariposa no es para mí. Míos son los fragmentos que conservo de la que Julián me regaló hace mucho tiempo. Los días en que me embarga la nostalgia espolvoreo sus comidas con una pizca del vidrio molido para ver si a él también le duelen las entrañas como a mi me dolieron el día en que la pisoteó.

En aquella época yo sólo quería amar a Julián. Dedicaba mis sueños diurnos y nocturnos a imaginarlo besándome apasionadamente en distintos escenarios, con lenguas de distinta longitud y habilidades. Rememoraba nuestro encuentro en el callejón y volvía a sentir sus manos en mi piel, las dejaba que hurgaran bajo mi ropa, que encontraran el camino a mi intimidad. Pero transcurrían los meses y Julián no intentaba besarme de nuevo, así que, aprovechando nuestro interés mutuo por las mariposas, lo invité a mi casa para enseñarle mi colección, no sin antes mencionar veladamente que estaríamos solos, pues mi padre trabajaba los fines de semana.

Aunque sabía que mi verdadera finalidad no era mostrarle mi colección, mientras esperaba su llegada abrí la caja de lata en forma de escarabajo donde las guardaba. En realidad no coleccionaba mariposas, sólo las alas y muchas de éstas ni siquiera lo parecían. Separarlas del cuerpo sin romperlas era un trabajo de entomólogos, a mí se me deshacían como hojas secas. No habría podido decir cuántas eran: ninguna completa o bien, si cada fragmento contaba como unidad, entonces cientos: un conjunto infinito de fractales traslúcidos que se continuaba más allá de la caja, de la cama, de la casa y hasta el cielo, hojuelas volátiles que se unían con otras alas para sacudirse en el aire, como si siguieran vivas.

Para mí, la belleza de las mariposas era una fachada, sus membranas multicolores servían para ocultar la monstruosidad de sus cuerpos, por eso se las arrancaba como si se tratara de desenmascarar a hormigas disfrazadas de hadas. Sin embargo, guardaba las alas aunque parecieran pétalos marchitos. Sentía que su polvo era mágico, que ayudaba a realizar fantasías absurdas y desmedidas.

En eso sonó el timbre y poco faltó para que tirara mi colección de pétalos aéreos. Corrí a abrir la puerta y ahí estaba Julián, vestido como si fuera a ir a una fiesta.

—Le dije a mi tío que era tu cumpleaños —murmuró entregándome un pequeño paquete envuelto para regalo. —Quería darte esto.

Asentí en silencio. Julián deslizó su mano suavemente hasta encontrar la mía y la apretó un segundo antes de soltarla. Una oleada de pertenencia envolvió mi cuerpo.

—¿Y tu papá a qué hora llega? —me preguntó oteando al interior de la casa.

—Como a las seis o siete.

—¿Tan tarde?

—Vende casas… Los fines de semana es cuando más trabaja.

Julián sonrió ampliamente dando un vistazo rápido a su reloj. Eran como las doce del día. Nos sentamos en el sofá y abrí cuidadosamente el paquete. Adentro de la pequeña caja estaba la mariposa de cristal.

—Pero tú dijiste que… —murmuré moviendo la mano para apreciarla desde diferentes ángulos.

—Le dije a mi tío que uno de sus gatos la había roto… Lo mandó matar —dijo con una carcajada, sentí miedo.

—¿Por qué le mentiste?

Por respuesta Julián me besó en la boca, o más bien en la comisura de los labios, pues su abrupto movimiento me hizo echarme hacia atrás y soltar la mariposa. Se reacomodó para embestir mi boca con su lengua mientras apretaba mis incipientes senos. Aunque yo deseaba que no se detuviera, al mismo tiempo sentía que iba demasiado rápido.

Me deslicé en el sillón hasta quedar recostada, me dije que era para que estuviéramos más cómodos aunque el movimiento tuvo algo de huída. Luego de llenarme casi toda la cara de saliva, con besos en los que mantenía la boca casi completamente abierta se alejó un poco.

—Déjame verte —me pidió, jalando mi playera hacia arriba. Me la quité lentamente, después el corpiño.

Veía decepción en su mirada, aunque quizás era yo quien juzgaba pequeños mis pechos, pues él adhirió sus labios como si fueran ventosas a mi seno izquierdo.

En poco tiempo estábamos completamente desnudos, sentí su erección arremetiendo contra mí, tratando de penetrarme sin conseguirlo. Deslicé mi mano entre nuestros cuerpos y empujé su miembro hacia abajo. Lo sentí hundirse violentamente en mi interior. Un espasmo me sacudió el cuerpo mientras él me desvirgaba, pero en sus ojos no había pasión, ni deseo, sólo duda, un reproche mudo que detuvo todos sus movimientos.

—Ya lo habías hecho —sentenció.

Desvié la mirada sin saber qué responder, ¿contaba acaso lo que pasó en el salón de música años antes? Él se levantó y se vistió. Antes de irse pisó la miniatura que estaba en el piso. Las alas rotas se volvieron esquirlas filosas que destellaron tras la cortina de mis lágrimas. Julián se fue azotando la puerta, dejándome desnuda y temblorosa. Una gota de sangre salió demasiado tarde de mi interior y manchó el tapiz oscuro del sofá.

En aquel entonces, el viejo Espir dijo que las mujeres usan filtros de amor para seducir a los hombres. El pobre idiota nunca logró darse cuenta que no se trata de amar o seducir, sino de poseer a aquel que alguna vez te lastimó y devolverle una a una cada herida y cientos más hasta el exterminio.

ESTRELLO EL PLATO CONTRA el fregadero, mi mirada se nubla con la tormenta de mi ira. Cómo permití que tornara el obsequio de mi cuerpo en una herida a su estúpido ego.

—¡¿Qué pasó?! —Jorge grita mientras corre hacia la cocina.

Lo miro con frialdad mientras aprieto los dientes tratando de calmarme.

—Se me cayó el plato —murmuro y lentamente una sonrisa se forma en mis labios.

Tomaré la inocencia de su hijo frente a sus propios ojos. Haré que Jorge gruña como animal mientras lo someto sin que Julián pueda hacer nada. Quizás al terminar, le lleve hasta el lecho la nueva miniatura y le pregunte si recuerda el día en que destruyó la otra.

—¿Te lastimaste? —me pregunta Jorge mientras revisa mi mano, limpiando los restos de espuma.

—No sé —digo en un susurro que busca sonar desvalido.

Los ojos de Jorge parecen apagarse cuando encuentra unos pequeños cortes.

—Me da miedo que te pase algo —suspira y besa suavemente mis heridas.

Se me figura que es un animalito al que podría patear para después hacerlo que se eche en mi regazo sin que se atreva a gruñir. Pongo mis manos húmedas en su cuello y lo masajeo suavemente.

—No es nada.

—Tú siempre me cuidas... hoy te voy a cuidar yo —dice tirando de mi brazo—. Vamos a la sala para que descanses un rato. Yo después limpio esto.

Con renuencia lo sigo y me recuesto en un diván. Él se sienta en el piso a mis pies. La luz se filtra suavemente desde los ventanales. Jorge recarga su cabeza en el borde del mueble y sigue con su índice el patrón desleído de la tela.

—¡Qué chistoso!, ¿no? —rompe el silencio tras algunos minutos.

—¿Qué cosa? —le pregunto mientras mi atención se abstrae en el juego de luces que hacen los cristales de la araña que pende del techo.

—Que también te llames Alma.

CIERRO LOS OJOS e involuntariamente niego con la cabeza. Ha pasado tanto tiempo que ya me acostumbré a que me llamen por un nombre que no es el mío, pero fue Julián quien así lo quiso. Empezó a llamarme Alma poco después de que se fuera de mi casa creyendo que había pertenecido antes a otro hombre.

Habían pasado varios días sin que nos dirigiéramos la palabra. Los inmediatos al encuentro ni siquiera tuve que fingirme enferma para que papá me dejara faltar a la escuela: por fin me había bajado la regla. Aquellas mañanas, tumbada en la cama, fantaseaba con la idea de que al notar mi ausencia Julián se sentiría tan mal que iría a verme, a pedirme perdón, no lo hizo.

El siguiente lunes que regresé a clases me sentía exhausta por estar pendiente a cada una de sus reacciones, con ninguna de las cuales mostraba el menor intento de acerarse a mí. A la hora de la salida avancé cabizbaja hacia la calle principal. Mientras aguardaba a que el semáforo cambiara a rojo, sentía la esperanza evaporarse con cada una de mis respiraciones, pero entonces lo sentí pararse junto a mí.

Los segundos transcurrieron lentos sin que yo supiera si en el siguiente momento Julián optaría por dirigirse hacia su casa o hacia la mía. No quería saber su decisión, simplemente lo miré suplicante y tiré de la manga de su suéter. El corazón me latía desaforado. Por favor, pensé, deseando arrastrarlo hacia mi cuerpo, hacerle saber que ahí pertenecía.

Permanecimos sin movernos lo que duran dos semáforos. Él concentrado en una danza evasiva: sin mirarme, pero sin alejarse. Finalmente soltó un suspiro largo y caminamos hacia mi casa abstraídos en un silencio inseguro. A partir de esa tarde nos dedicamos a explorar nuestros cuerpos cada vez con mayor urgencia, dejando marcas de dientes en la piel del otro, transformando los torpes avances en caricias sutiles como aleteos.

En aquel entonces no me quise dar cuenta que mi primer ruego fue la justificación que Julián necesitaba para vivir sin culpa su primera obsesión.

—Te llamaré Alma —gimió mientras se hundía por segunda vez en mí.

—Pero ese no es mi nombre…

—Así se llama… se llamaba ella —dijo, mordiendo uno de mis pequeños senos, como si quisiera arrancarlo de mi pecho.

ABRO LOS OJOS CUANDO Jorge sacude gentilmente mi hombro.

—¿En qué piensas?

—En que el nombre de tu abuela es de lo más común.

—Papá me dijo que si yo hubiera sido mujer me habría puesto Alma, pero no creo que lo dijera por mi abuela, sino por ti.

Me dan ganas de abofetear a Jorge y borrarle la estúpida sonrisa del rostro.

—¿Por qué piensas eso?

—No sé... Papá me dijo que fuiste su primera novia —suspira reflexionando por un momento—. ¿Te habría gustado casarte con él?

Me levanto y miro hacia afuera. Un automóvil pasa lentamente por la calle, como si buscara una dirección. Es una camioneta y puedo imaginar en su interior a una familia disfrutando el fin de semana. Quizás la vida habría sido distinta si Julián hubiera permanecido a mi lado cuando quedé embarazada.

Aunque a veces me parece que no han pasado tantos años, me resulta difícil recordar aquella época con precisión. Se acercaba el verano del último año de secundaria y en un par de meses, Julián y yo habíamos usado todas las habitaciones de su casa y las de la mía.

La noche de graduación empecé a sentirme rara. No imaginé que llevaba a un bebé en las entrañas, ni cuando alguien de la mesa hizo una broma al respecto al ver mi cara de asco cuando sirvieron la cena, pero Julián palideció y me llevó a casa antes de que empezara el baile. No quiso besarme, sólo musitó un parco adiós cuando nos detuvimos ante la puerta de mi hogar. Lo miré por unos instantes tratando de descifrar su expresión mortecina mientras metía la llave en la cerradura. No volví a verlo sino hasta años después.

—Su papá se lo llevó de vuelta a Francia —dijo su tío, el gordo, luego de una semana en que iba a diario a tocar el timbre de su casa sin recibir respuesta—. Somos de allá... —concluyó.

El hombre se alejó de la reja, internándose en el patio trasero, con un rastrillo para juntar la hojarasca sin inmutarse ante mis lágrimas.

—Pero... pero cuándo... —ni siquiera me molesté en terminar la pregunta. Al otro lado de la reja de metal no había respuestas. Rogaba internamente que sólo se lo hubieran llevado los meses de vacaciones.

Los primeros días del verano fueron insoportables. No sólo me sentía enferma y débil, mi padre andaba permanentemente malhumorado, con una mueca que le arrugaba el rostro; ya no gritaba como antaño, se limitaba a murmurar por lo bajo en un eterno soliloquio.

Yo pasaba el tiempo leyendo o simplemente observando las sombras de las ramas que el sol proyectaba sobre la pared de mi cuarto. Ya no lloraba, prefería agotar mis ojos y mi cerebro con programas de televisión y libros. Tenía la ingenua idea de que si me esforzaba en no dejarle un instante de respiro a mi mente, el recuerdo de Julián desaparecería como por arte de magia. Pero era idiota, pues el protagonista de cada historia era siempre él: hoy Werther, mañana Heatcliff.

Caminaba hasta su casa todos los días buscando cualquier indicio de que Julián permanecía en el interior. El viejo Espir estaba solo, pasaba encerrado la mayor parte del tiempo y las contadas ocasiones en que salía regresaba al poco rato con bolsas de víveres. Yo me sentaba en la banqueta de enfrente con la vista fija en el pavimento hasta que los recuerdos me anegaban los ojos de lágrimas.

Había momentos en que me reía descorazonadamente de mis reacciones. Julián jamás dijo que me amara, sin embargo no podía dejar de pensar en él. Decidí hacer una última cosa para estar segura de que se lo habían llevado para siempre. Sabía que era una locura, que incluso me arriesgaba a que me acusaran de allanamiento, pero me era necesario comprobar que no lo tenían encerrado en ese caserón de mil cuartos.

Era miércoles y esperé a que mi padre se fuera en su cuarto. Salí por la ventana de mi habitación y la dejé entreabierta. Ya era más de media noche y a pesar de que se trataba de una calurosa noche de verano yo tiritaba de nervios. Llegué hasta la casona, no había luces encendidas. Caminé hacia un costado y elegí el árbol más grueso, cuyas ramas pasaban por encima de la reja hasta el patio.

Lo trepé con mayor agilidad de la que me suponía capaz. La calle y las casas de la cuadra descansaban en una silenciosa oscuridad. Una vez que crucé por encima el límite de la reja me colgué de la rama y salté. Tuve que reprimir un grito pues mi tobillo izquierdo se dobló al hacer contacto con el pasto. Renqueando me dirigí por el camino de adoquines a la cocina. Iba rezando porque la puerta estuviera abierta, como las veces que estuve ahí pareció estarlo. Cuando jalé el pestillo metálico éste no cedió. Buena la has hecho, me reclamé, buscando afanosamente entre las sombras alguna ventana abierta, hasta que rodeé por completo la casa y terminé ante la puerta principal.

Sacudí la cabeza. Sí, era absurdo, pero de todas formas giré el picaporte y para mi sorpresa, la hoja de madera se abrió suavemente sin un rechinido siquiera. Me quedé parada un instante bajo el umbral. El viento de la madrugada hizo tintinear suavemente algunos cristales de la araña del vestíbulo, así que me interné y cerré la puerta tras de mí.

A ciegas, sin necesidad de lámpara de tanto haberlas recorrido, me dirigí a las escaleras y las subí hasta el segundo piso, luego avancé hasta la habitación que él ocupaba. Abrí la puerta sosteniendo el aliento, ¿y si gritaba cuando me viera?, ¿y si era el gordo Espir quien dormía ahora en esa cama?

La habitación estaba vacía y ordenada. Seguía pareciendo el aburrido cuarto de huéspedes de siempre, demasiado formal para alguien de la edad de Julián. Mi mirada buscó algún indicio de que él aún pudiera estar ahí: unas calcetas sucias debajo de la cama, un envoltorio de caramelo entre las ranuras de la cabecera, el portarretratos con la foto de su madre, pero sólo estaban los muebles y suficientes libros para llenar el único librero que estaba al fondo. Instintivamente abrí el cajón del buró, buscando su diario, pero tampoco lo encontré.

Me senté en la cama sintiendo un mareo y ganas de llorar. ¿Cómo era posible que todo hubiera terminado tan súbitamente? Tenía que haber algún indicio, una pista que me dijera qué iba a pasar. Recorrí la habitación una vez más, venciendo la tentación de prender las luces. Entonces lo vi.

Entre la pared y la cabecera permanecía oculto el cuaderno de maltratadas pastas azules. El corazón me brincó en el pecho. Era imposible que Julián lo hubiera olvidado, que hubiera decidido abandonarlo. Iba a regresar, pensé aliviada, abrazando el cuaderno, pero entonces, un pinchazo de duda, profundo y delgado como de aguja, me hizo temblar. Quizás vinieron por él un día muy temprano. Cuando apenas despertaba, obligándolo a vestirse frente a la mirada vigilante del padre que no lo dejó llevarse nada más que lo que traía puesto.

En un impulso acomodé el cuaderno bajo mi brazo, sabiendo que nadie mas que él o yo teníamos derecho a conservarlo, a hurgar entre sus páginas, a frotar la nariz en sus palabras hasta que se nos inundara el alma de tinta. Me convencí de que la única razón posible para que él lo hubiera olvidado, era que había dejado un mensaje cifrado en su interior para que yo supiera cómo encontrarlo.

Salí del cuarto y me dirigí de regreso a las escaleras. La cabeza me daba vueltas, necesitaba leer de inmediato cada página, cada palabra escrita al margen. Descubrir lo que alguna vez garabateó bajo tachones y dibujos.

Sin reparar en mis pasos me dirigí a la cocina e intenté salir por la puerta trasera como siempre había hecho, pero estaba cerrada. Un ruido en el piso superior me provocó un revoloteo nauseabundo en el estómago, así que eché a correr hacia el vestíbulo principal y salí dando un portazo, luego trepé por la reja haciendo caso omiso al dolor que repiqueteaba en mi tobillo.

Las luces de la casa se encendieron en cuanto salté hacia el otro lado de la reja. En ese preciso instante el cuaderno se resbaló debajo de mi brazo y cayó en un charco lodoso. Lo recogí horrorizada y me arrastré como pude para ocultarme entre unos automóviles estacionados, justo antes de que el gordo saliera en calzones por la puerta principal y atisbara con una mirada paranoica a un lado y otro de la calle.

El corazón me latía tan fuerte que podía sentirlo en mis sienes. Aún tenía el cuaderno aferrado a mi pecho pero temí que mis silbidos asmáticos delataran mi presencia. A ciegas busqué en el bolsillo del pantalón y, tras quitar la tapa, le di dos largas aspiraciones al broncodilatador, esforzándome por respirar lentamente.

Permanecí inmóvil varios minutos. Me sentía desorientada por el miedo, temiendo que en cualquier momento aparecieran policías por todos lados. Luego de echar un vistazo y comprobar que la calle estaba vacía, me incorporé lo más rápido que pude y eché a andar aprisa en dirección a mi casa.

Julián y yo no vivíamos tan lejos uno del otro, a lo sumo veinte minutos a pie, pero esa noche sentí como si las calles se hubieran alargado y mis pasos no pudieran acercarme a mi hogar. No tenía manera de saber la hora, pero temía que papá estuviera esperándome con el cinturón en la mano.

Apuré la marcha y en pocos minutos divisé mi casa. Trepé a la ventana de mi habitación y me interné en mi cuarto con un suspiro de alivio. Me desvestí y metí el cuaderno bajo la cama. Me acosté y me cubrí con las mantas, negociando mentalmente un por favor, Dios, que no se haya dado cuenta, prometo ser buena. Cerré los ojos y esperé inmóvil a escuchar la voz de mi padre llamándome para que preparara el café de la mañana.

No sé cuánto tiempo pasó hasta que me quedé dormida, arrullada por la gotera habitual de mi bañera. El timbrazo del teléfono me despertó. Tenía la boca seca y podría jurar que no había movido un músculo desde que me acosté. Tras varios repiqueteos sin que nadie atendiera la llamada me incorporé y corrí al pasillo a contestar.

—Casa de la familia…— la otra persona no me dejó concluir.

—¿Está tu papá?— reconocí de inmediato la voz de la secretaria de mi padre.

—Yo… yo creo que sí…

—Llámalo. Lo busca el jefe —dijo con un tono distante pero casi de inmediato habló en un susurro cargado de emoción—, dile que se le hizo tardísimo para la junta y el jefe lo quiere correr luego de todas las veces que ha faltado.

—Voy a ver… —repliqué, confusa.

Mientras me dirigía a su cuarto con paso vacilante me pregunté dónde habría estado las veces que supuestamente había faltado, si él era el ejemplo mismo de la responsabilidad. Llegué hasta su habitación y llamé con un toquido suave, temiendo que estuviera enojado tras una noche tortuosa como las que últimamente tenía.

La víspera no había cenado y antes de escaparme fui a echarle un vistazo: respiraba de un modo semejante a los resuellos de un animal. Había supuesto que el cansancio podría provocar ese tipo de sonidos.

—Ve a dormir —me había dicho con esa voz extraña que se le había hecho, desprovista de eco y resonancia, simplemente voz articulada. Yo asentí y cerré la puerta, escuchando atentamente hasta que empezó a roncar para irme enseguida a buscar a Julián a la casona.

Abrí la puerta luego de no recibir respuesta, recelosa de tener que interactuar con ese hombre cada vez más distante que era mi padre. Me asomé a su habitación. Yacía recostado con el cuerpo vuelto hacia la pared. ¡Ah! todavía está dormido, pensé.

—Papá, te hablan de la oficina… —suspiré aburrida—, ya es muy tarde y tu jefe está bien enojado… ¿Papá?… ¿estás dormido?… —insistí mientras me acercaba a su lecho—. Papá, ya es tarde, despiértate… ¿Qué te pasa?… ¿Eh?… ¡Papá!

Tiré suavemente de su brazo para provocarle un despertar tranquilo. Pero en ese instante se me reveló con el tacto algo que apenas intuí en la frialdad de su piel. Su brazo izquierdo permaneció rígido y pesado como si fuera una prótesis. Lo sacudí entonces con mayor fuerza, haciendo que su cuerpo entero girara hacia mí. Me atreví a mirar su rostro: tenía la boca ligeramente abierta, torcida hacia abajo, como si una parálisis le hubiera atacado sólo el lado derecho. Sus ojos parecían estar cubiertos por una película blanquecina. Pensé en ese momento que lo único que serviría para sacarlo de esta ausencia profunda era gritarle, zarandearlo, pero me quedé inmóvil, aterrada.

Mi padre murió solo.

Corrí a buscar un espejo para ponerlo debajo de su nariz, empujando el puente con brusquedad, buscando atrapar el más ligero de los empañamientos, algunas gotas microscópicas de humedad, e incluso que con un manotazo me gritara ¿qué demonios te pasa?, haciendo añicos el espejo en el piso. Pero nada pasó. De súbito caí en la cuenta de que estaba sola en mi casa con un cadáver.

Tomé el teléfono. Para ese momento un temblor desordenado me sacudía el cuerpo y el auricular se resbaló de mi mano. Me reprendí a gritos: cálmate, cálmate de una puta vez, no seas pendeja. Jalé aire y se me estranguló en el pecho. El silencio empezó a cercarme con cada vez mayor corporeidad, empujándome por todos lados, reduciendo el espacio disponible ocupado todo por él, por eso que flotaba aquí y allá y que no se veía pero avanzaba tragándose el aire.

Recogí el auricular del suelo y lo llevé lentamente hasta mi oreja. El instante entre que lo cogí y estuvo pegado a mi cara me asaltó con preguntas, la voz había regresado con más fuerza que nunca: ¿Qué vas a decir, eh?, ¿que se murió, así nomás… sin que te dieras cuenta…? ¿Qué, no piensas? Ya está tieso… ha de llevar muchas horas muerto… ¿y entonces qué vas a argumentar, eh?, ¿que te ganó el cansancio?… ¿No te das cuenta que lo que te ganó fue el deseo de que se muriera?

—¡EstamuertoEstamuerto…! —grité.

—¿Qué?

Colgué yo o colgó la secretaria. No sabría decirlo, pero recordé a la sobrina de la gitana y su advertencia sobre las personas que mueren lejos de su tierra natal. No pude dejar de imaginarme al fantasma de mi padre vagando por el hogar que alguna vez tuvimos antes de que se llevaran a mamá a la cárcel. Me asomé al cuarto, como si tuviera que cerciorarme que él aún estaba en su cama, con el cuerpo en una postura inverosímil que lo hacía parecer un animal disecado.

¿Cuánto tiempo tarda en empezar a corromperse el cuerpo?, me pregunté, suponiendo que seguramente ya se le empezaban a pudrir las vísceras y en cualquier momento empezaría a largar líquidos rojizos que dejarían el piso como rastro de vacas, húmedo de sanguaza y enfermedad. ¿Y si su espíritu seguía ahí, anclado, empotrado entre el cuerpo y el colchón?

Sonó el teléfono.

Me quedé mirando con estupidez el foquito del inalámbrico parpadeando con cada timbrazo. Ah, suena allá y parpadea acá con un retraso… ¿qué te pasa idiota?, contesta, contesta, contesta. ¿Cómo era que se hacía…?

—¿Bue… bueno?

En cuanto escuché la voz de la secretaria me resquebrajé y lloré por primera vez en todo ese tiempo. Lloraba y gritaba y no lograba ajustar el volumen de mi voz que salía con un ritmo raro, disonante, empezando en grito, interrumpiéndose a la mitad de una sílaba, y luego se estiraba en un susurro que terminaba en otro grito. Así, más o menos, logré articular dónde y con quién me encontraba, pero no logré explicar el momento en que había partido.

Mientras hablaba me di cuenta que me había quedado sin nadie. Yo había fallado, lo había dejado morir así, en soledad, como si le hubiera escatimado el aire. Colgué, sabiendo que no deseaba hablar con nadie pero tampoco tenía a quién informarle del deceso.

Dicen que los muertos empiezan a hacer ruidos, a expulsar gases que pueden provocarles movimiento, pero también dicen que el rigor mortis dura unas horas y luego el cuerpo se desguanza. No sé, pero la siguiente vez que me asomé al cuarto, él yacía con las extremidades desmayadas y el terror se me metió junto con un olor medicamentoso y podrido que expedía su cuerpo.

Salí corriendo de la casa. Me paré en el quicio de la puerta, inhalando el aire exterior con violencia. ¿Dónde están, porqué no llegan, porqué no viene nadie?

Regresé al borde de su cama, me hinqué con la intención de sostener una de sus manos, pero el miasma era más intenso, se agarraba a mi paladar con un sutil dulzor que me provocó arcadas. Corrí de nuevo a la puerta a jalar aire, a expulsar ese gusto marchito, pero la culpa me dragó de nuevo hasta la orilla de su cuarto.

Sus ojos parecían escudriñar la nada con aquellas pupilas artificiales. Me ordené a hacer como en las películas: bajarle los párpados con la palma de la mano. Me acerqué aguantando la respiración, desviando la mirada a un punto en su frente, justo en la línea donde nace el cabello. Me dio un impulso de abrazarlo pero la boca semiabierta y seca me repelían haciendo que de nuevo, me temblaran las manos.

Le cerré los párpados percibiendo sus escasas pestañas doblarse bajo mi palma. Volví a correr hacia la puerta, esta vez la dejé cerrada y sólo atiné a recargar el cuerpo contra ella sin lograr que el mareo me soltara. Estaba suspendida en una suerte de limbo donde el tiempo modificaba sin reglas sus dimensiones, ensanchándose y agrietándose por encima de mí, listo para succionarme a las profundidades del vacío y escupirme luego en algún otro universo.

Volvió a sonar el teléfono, muy lejos, como si proviniera de otra casa. Al abrir los ojos recuperé el oído y lo escuché en la otra habitación. Corrí hasta él como si me fuera la vida en lograr contestar antes de que colgaran.

Era el jefe de mi padre. Me dijo que venía en camino, que fuera a casa de una vecina o le pidiera a alguna que me hiciera compañía. Pensé que estaba loco. Los muertos no se comparten. Tras colgar, arrimé una silla hasta la entrada del cuarto de mi padre, me senté agotada y miré la cajetilla de cigarros sobre la mesita en la que estaba el teléfono. Tomé un cigarrillo y fumé por primera vez.

Suspiro y es como si el aire que exhalo tuviera la misma consistencia que esas bocanadas de humo con las que me rodeé en aquella ocasión: denso, envenenado.

Llega hasta mí, con su implacable urgencia, la necesidad de un cigarro. Palpo instintivamente las bolsas delanteras de mi bata y recuerdo que dejé la cajetilla en el buró de mi cuarto.

—Tráeme mis cigarros, Jorge.

Mientras espero a que los traiga retuerzo mis dedos con impaciencia. Cada vez que fumo creo una cortina protectora. Las fantasmales columnas me rodean hasta aislarme de todo lo que alguna vez me ha dolido.

—Aquí están…

Arrebato la cajetilla de la mano de Jorge y prendo un cigarrillo con una succión profunda. Él me mira en silencio pero noto las ganas que tiene de hacer una pregunta que bulle en su cabeza.

—¿Qué pasa? —le digo.

—Nada…

—Te conozco, Jorge… Algo está rondando por tu mente.

—¿Por qué no tienes hijos?

—Ya empezó a llover… revisa si está cerrada la ventana del cuarto de tu padre … —le ordeno para evitar responderle.

ME QUEDO OBSERVANDO la pertinaz lluvia que oscurece las primeras horas de la tarde. La noche del velorio de mi padre llovió igual de fuerte. Su jefe había llegado algunas horas después de que habláramos por teléfono. Era un hombre al que yo había visto algunas veces antes. En ninguna de ellas me fue posible saber qué había dicho, pues me había obligado a enfocar la atención en su entrecejo. Su estrabismo me provocaba una especie de culpa, de ansiedad, porque mi mirada saltaba de su ojo derecho al izquierdo, sin saber con cuál me veía. En esa ocasión me fijé en la pupila más extraviada.

—Tu mamá va a venir por ti —dijo, mientras palmeaba mi hombro con un gesto torpe con el que supongo intentaba consolarme.

—¿Eh? —parpadeé incapaz de articular la sorpresa que se atoró en mi garganta.

Las personas de la funeraria se encargaron de preparar el cuerpo de mi padre en su propio cuarto, después colocaron el féretro en la sala. Sentí un escalofrío irradiarse por mi cuerpo como si fuera un veneno que avanzaba intoxicando mis músculos hasta dejarme paralizada, con la creencia de que todo lo que me rodeaba era una alucinación.

—No te preocupes, no te vas a quedar sola.

Hice una mueca para darle a entender que no comprendía sus palabras, ¿acaso no se percataba de que el cadáver de mi padre se corrompía con cada segundo que pasaba?

—Vas a volver a estar con tu mamá —agregó con una sonrisita.

El bizco no tenía idea de que me iba a entregar con una criminal.

—¿Cómo la contactó? —pregunté recelosa.

—Tu padre tenía sus datos en la agenda... De hecho, tenía programada una reunión con ella en pocos días... —el hombre suspiró reflexivo antes de volver a hablar—. Supongo que tu padre sentía cerca el final.

Di unos pasos hacia atrás para evitar que siguiera tocándome. Desde donde estaba, podía ver el ataúd en su totalidad. Imaginé que mi padre se retorcía dentro, boqueando los últimos restos de aire. Me rehusaba a creer que él hubiera tenido intenciones de verla.

Miré de nuevo al jefe de mi padre esperando que en cualquier momento me confesara que me había mentido para que yo me sintiera menos huérfana, pero el hombre permaneció en silencio. Me tallé los párpados. Sentía los ojos secos, me picaban y tenía ganas de cerrarlos, aparentar que dormía para que ningún otro compañero de trabajo de mi padre me abrazara con un afecto imposible y le comentara al de al lado, como si yo no estuviera presente: "tan muchachita, la escuincla... mira qué cosas", "tiene que ser fuerte, ya ni modo".

Hubo un momento en que todo me pareció irreal. La gente iba de un lado a otro, algunas personas conversaban en murmullos, otras revisaban sus relojes, disimulando pobremente la urgencia que tenían por regresar a sus vidas. Yo me quedé recargada contra una pared, de frente al féretro, pensando en el tiempo que había transcurrido desde la última vez que vi a mi madre. Habían pasado ocho años y pensé que seguía en la cárcel. La idea de reencontrarnos tan de repente, en el funeral de mi padre, me generaba una ansiedad enorme. Sabía que era ridículo, pero no podía dejar de imaginarla convertida en el estereotipo de una criminal: con tatuajes y traje a rayas.

Los susurros, los recuerdos, el olor a café quemado y muerte; todo se empezó a fusionar en un remolino que giraba a mi alrededor. Corrí al baño y empecé a vomitar. Me quedé hincada, observando las serpentinas de espuma que empezaban a disolverse en el agua. El olor a bilis me abofeteó el rostro, provocándome una nueva oleada de asco.

Alguien llamó a la puerta y la abrió. Era la secretaria de mi padre. Dio un suspiro cansado y después humedeció una esquina de la toalla de manos para limpiarme la boca. Tras un momento en que las dos permanecimos en silencio, me ofreció su mano para ayudarme a incorporar.

—Ven, tu mamá está afuera.

Miré al techo, en gesto de súplica. Negué con la cabeza, replegándome contra la pared.

—Por favor… no quiero verla.

—Anda, niña no puedes quedarte en el baño para siempre.

Suspiré resignada. Nadie entendía. No sólo no quería verla, tampoco estaba segura de poder reconocer su rostro entre los otros. Hacía años que no veía una de sus fotos porque si papá tenía alguna en la casa, la había ocultado.

Al principio, cada noche cerraba los ojos y estaba segura de que mi mente lograba reproducirla con claridad, incluso podía imaginarla en movimiento, escuchar lejanamente su voz. Pero con el transcurrir del tiempo sus rasgos se fueron borroneando hasta que sólo pude recordar el anillo en forma de serpiente enroscada que solía llevar en uno de sus dedos de uñas cortas y sin pintar.

—Vamos— insistió la secretaria, con gesto aburrido, seguramente fastidiada por el trabajo extra que tuvo que realizar cuando su turno ya había terminado: hablar a la funeraria, consultar los precios de los servicios y hacer los trámites para que el seguro cubriera los gastos.

Me asomé desde el pasillo antes de ingresar a la sala. De espaldas a mí estaba una mujer gruesa, vestida con una especie de túnica holgada, que hablaba con el jefe de mi padre. Las manos de ella se posaron sobre las de él haciendo que éste diera un brinquito ridículo hacia atrás. El brillo en los ojos de diamante de la serpiente enroscada me deslumbró por un momento. *Esa* era mi madre, quien dejó ir las manos del jefe para aceptar un café que alguien más le ofreció.

La secretaria me empujó hacia la habitación. Mi madre se dio vuelta como si hubiera intuido mi presencia y torció la boca luego de barrerme con la mirada. Yo no salía de mi azoro, sí, reconocía sus facciones pero ya no era la persona que yo vagamente recordaba.

En lugar de ocho parecía que hubieran pasado veinte, cien años, no importaba, estaba vieja. La que antes había sido una cabellera de un profundo color oscuro, ahora tenía muchas canas. No sólo estaba más gorda, su cara se veía abotagada, como las de los alcohólicos y su perfume, que yo evocaba sutil y elegante, me pareció una ofensa a mis recuerdos con su aroma a flores marchitas.

Para mi sorpresa, ella se aproximó con pasos hercúleos, que me hicieron verla más alta de lo que en realidad era, apenas unos centímetros más que yo. Sus labios se curvaron hacia arriba, mientras sus ojos me examinaban.

—¿No vas a saludar a tu madre? —preguntó y el resto de los presentes callaron, atentos a mi reacción.

—Ho..hola… m…—sentía asco, mi garganta se rehusaba a llamarla madre.

La mueca se intensificó y entrecerró los ojos, recorriendo mi cara con un escrutinio mordaz.

—Tienes la frente de tu padre —echó mi fleco hacia atrás—. Ojalá no tengas grandes sueños como él —dijo, palmeando mi mejilla—, ya ves —viró el rostro hacia el ataúd—, de nada le sirvieron. Mejor vete a dormir… ya me dijeron que estuviste vomitando todo el día…

—No, yo me quedo con mi papá.

—¿Para qué si ya está muerto?

—¡¿Y crees que no lo sé, idiota?! —le grité con toda la furia que llevaba dentro por haber perdido a Julián y a mi padre. Mi madre se encogió de hombros y se fue a sentar en uno de los sillones. Desde ahí ella me observaba, fumando un cigarrillo tras otro.

Fui a pararme junto al ataúd. Me prometí que no importaba cuán cansada me sintiera, nada me haría moverme de ahí. Los minutos fueron pasando y la mayor parte de la gente se fue a su casa. Para entonces, mi madre dormía en el sillón sin ningún decoro. El vientre le subía y bajaba con cada ronquido. Tenía ganas de patearla, de correrla.

La secretaria arrimó una silla hasta donde yo estaba antes de irse. Sentía las piernas entumidas y miré el mullido asiento como si se tratara de una prueba para tentarme. Pensé que si flaqueaba, algo, no sé qué, se perdería; como si mi necedad de permanecer de pie tuviera un sentido oculto que era de vital importancia, pero ya no resistí y doblé las rodillas, agotada.

Recuerdo haberme quedado dormida al pie del féretro, pero cuando abrí los ojos me encontraba en mi cama. Al salir de la habitación noté que estaba sola, que incluso se habían llevado el ataúd. Me entró una enorme ansiedad. No había ni siquiera una nota que me informara lo que estaba sucediendo. Con el transcurrir de las horas pasé de la angustia al enojo y para cuando mi madre finalmente regresó, yo estaba dispuesta a írmele encima a golpes.

—¿Qué pasó? ¿A dónde fuiste? ¿Dónde está papá?

Ella me miró con una ceja enarcada por un instante, luego, con gran parsimonia abrió su bolsa y sacó un cigarrillo. Su expresión era inescrutable cuando tomó la primer bocanada, después habló quedo, calmadamente, lo que hizo que su amenaza tuviera mayor efecto en mí:

—Si tu padre te permitía que le hablaras en ese tono, yo no lo voy a hacer. Mejor cambias de actitud o te volteo la cara de dos fregadazos.

Pasé saliva y me quedé petrificada por un rato, mientras ella fumaba de manera indiferente. Papá sólo me había pegado una vez y, aunque no era cariñoso, tampoco era violento. La idea de recibir un castigo físico me atemorizó más de lo que hubiera imaginado.

—¿Dónde enterraste a papá? —me animé a preguntar cuando ella finalmente había terminado de fumar.

Mi madre se encogió de hombros, buscó en su bolsa y sacó unos papeles que me entregó. Los revisé con avidez.

—No... no encuentro el número de la fosa.

—Ni lo vas a encontrar —indicó, tomando de vuelta los papeles—, era más barato enterrarlo en una fosa común.

Parpadeé atónita. Creí que estaba bromeando, que me hacía pasar un mal rato por que le había gritado antes.

—No hay que quedarse atado a los muertos —dijo por toda explicación.

—¡Pero él era mi padre! Quiero visitar su tumba —le supliqué sin poder creer sus palabras.

—Tu padre ya no existe... es mejor así. No tiene caso llevarle flores a unos huesos.

La miraba con odio, porque en ese entonces me rehusaba a creer que tenía razón. Es cierto, los muertos no necesitan de flores, ni de mausoleos. Las veladoras no alumbran su estancia en el más allá, mucho menos les sirven las pertenencias que alguna vez atesoraron. Lo que ella nunca me dijo era que las almas de los muertos continúan viviendo en la memoria; que la única manera en que perecen es cuando los forzamos a deshabitar nuestros recuerdos.

Pero es también el recuerdo de los que han partido lo que envenena la vida de los que quedamos atrás, viviendo una vida hueca, añorando lo que pudo haber sido si hubieran permanecido a nuestro lado. Sin embargo, cuando en aquella época fantaseaba con vivir al lado de Julián, jamás me imaginé que resultara de este modo, con él enfermo y un hijo que no es de ambos.

Dicen que la realidad siempre supera a la ficción y me sorprende que hasta en los detalles más irrelevantes sea cierto, porque aún ahora, al cerrar los ojos e intentar recrear en mi mente lo que me rodea: los dos sillones de respaldo alto y taburetes a juego, el diván de tapiz ocre o los gastados gobelinos que decoran las paredes, cuando abro los párpados son aquellas cosas que cambian de lugar en lo cotidiano las que evidencian la falsedad de mi imaginación: descubro una taza de té sobre hojas sueltas con recados, un cenicero con cuatro colillas y polvo, finísimas capas de polvo superpuestas en las que todavía se adivinan la huellas de dedos y de los objetos que un día decoraron las mesitas de marquetería. Quizás el recuerdo es como esos vestigios: algo que evoca una ausencia.

Afuera ha empezado a llover y es como si el cielo expresara las lágrimas que yo no dejo correr. Elegí este día para consumar mi venganza, porque precisamente hoy se cumplen treinta años de que me despojaran del único motivo que podría haber tenido para salvarme. Aquella mañana, igual que hoy, me desperté con la emoción que antecede a un gran evento.

Había sacado la maleta de debajo de la cama y estaba revisando que tuviera todas las cosas que necesitaría para mi nueva vida: los papeles del banco, el diario de Julián y algo de ropa. Sólo tenía que salir por la ventana para dejar en el pasado a esa mujer que había invadido la casa dos semanas anteriores con su perfume viejo y su mirada de halcón; que movía los muebles de lugar y regalaba las pertenencias de mi padre como si lo único que importara fuera borrar cualquier evidencia de que él había vivido ahí alguna vez.

Cerré la maleta y me forcé a sonreír. Años atrás, mi padre había abierto una cuenta de ahorros a mi nombre en la que cada mes depositaba dinero. Tenía lo suficiente para irme de ahí y tener a mi hijo.

Súbitamente tuve que reprimir un grito. Una violenta punzada en el vientre me obligó a doblarme. No se parecía en nada a los malestares que venía sufriendo desde seis semanas atrás. Supe que era algo grave cuando mi frente se humedeció con un sudor frío e instintivamente miré hacia abajo, temiendo encontrar una mancha en mi ropa. Recordé entonces a la sobrina de la gitana que me había leído el tarot y me palpé la entrepierna. Sentí alivio: no estaba sangrando.

Intenté llegar al baño, aferrándome de los muebles para evitar caerme, pero las punzadas me obligaban a detenerme cada par de pasos. Me recargué en la pared, inhalando profundamente para ver si el dolor pasaba, pero aunque disminuía, al poco rato regresaba con mayor fuerza.

—¿Piensas salir de viaje? —dijo mi madre risueñamente desde el quicio de la puerta y encendió la luz.

Al malestar se sumó la sorpresa. ¿Hacía cuánto tiempo que se ocultaba en las sombras? Ignorando mi chillido de queja, ella se dirigió a la cama y abrió la maleta, esculcando el contenido.

—¿Te ibas a ir sin despedirte? —preguntó con una voz ridículamente dulce que me llenó de vértigo.

—No...

—Vaya, vaya... esto me vendrá muy bien... —leyó con avidez los papeles del banco —Y esto, ¿qué es? —quiso indagar cuando sus manos encontraron el diario. Temblaba, sus manos sobre el cuaderno las sentía como una profanación de lo más sagrado en mi vida.

—Deja eso —le pedí con voz rasposa, apretando mi vientre con las manos, donde el dolor se intensificaba a cada segundo.

—¿De quién es esto?

No contesté. Ella comenzó a hojear el cuaderno del que resbalaron unas cartas que le escribí a Julián luego de que se fue. Ella desdobló una al azar y empezó a leerla en voz alta, aniñada, para humillarme más:

Te extraño, Julián... te necesito. Recuerdo la forma en que nos besábamos y nos tocábamos y no puedo creer que te hayas ido.

¿Por qué te fuiste? ¿Cómo pudiste dejarme sin siquiera decirme adiós?, sin dejarme que te besara con besos que te hicieran sentir lo mucho que te amo.

Regresa, Julián, regresa conmigo. Huyamos juntos y amémonos cada noche bajo las estrellas.

Te amo, te amo, ¿no puedes sentirlo?... Si sólo me hubieras dicho cuándo piensas regresar.

Mi madre arrugó el papel y me lo arrojó a la cara. Después me abofeteó.

—¿Sabía tu padre la putita que estaba educando?

—¡No soy una puta! —le grité, protegiendo mi rostro de sus golpes con mis brazos.

—¿Crees que soy estúpida? —dijo con una serenidad en la voz que contrastaba con los resoplidos que hacían cimbrar sus mejillas.

Estaba aterrada, mi padre nunca me había golpeado de este modo y aunque tendía a gritar jamás me miró con la fiereza que en ese momento tenían los ojos de ella. Me agarró por el pelo y tiró con fuerza, arrastrándome hasta el baño, yo pataleaba y al mismo tiempo trataba de liberarme. Sentía que sus tirones me arrancaban varios mechones de cabello haciéndome olvidar las punzadas del vientre.

—¡Suéltame! —chillé.

Ella se agachó sin dejar de jalarme, manteniendo mi cara a la altura de la suya.

—¿Sabes por qué estuve en la cárcel? —hizo una pequeña pausa en la que yo no dije nada, todo mi esfuerzo estaba puesto en elevar la cabeza y aminorar el dolor—. Pues lo vas a saber muy pronto... —murmuró y me soltó.

Se dirigió a mi habitación y un par de minutos después regresó con un gancho de alambre en las manos. Yo temblaba en el piso de mosaico sin comprender. Pensé que continuaría pegándome con la percha.

—Quítate la ropa —ordenó mientras se arremangaba y empezaba a doblar el gancho.

—¿Qué... qué me vas a hacer? —pregunté sin poder controlar un temblor que me sacudía todo el cuerpo.

—Que te quites la ropa —repitió hincándose, con sus ojos clavados en mi vientre.

—¡No! —grité replegándome contra la pared y doblando las piernas contra mi pecho.

—Nadie tiene que enterarse de tu pecado —espetó con frialdad, tirando de mis pantaletas por debajo de la falda—. Haré que el dolor y la vergüenza terminen —anunció mientras me separaba las piernas.

Un nuevo espasmo, más intenso que los anteriores, me hizo perder el conocimiento. Desperté en una clínica que se asemejaba más a un hotel barato. El hombre que se identificó como el doctor que me había operado me informó que había tenido que extirparme la matriz.

Mientras preparaban el alta, mi madre me dijo que había empleado el dinero de la cuenta de ahorros para pagar la operación y sobornar al personal médico. Comprendí que aunque la acusara, de nada serviría, además no me quedaban fuerzas para oponerme a ella.

Paso mis dedos temblorosos por la frente, deseando que desaparezca la memoria de mi mente, para poder fantasear con que mi vida ha sido otra, pero el mismo abatimiento que sufrí en aquellos momentos, me impide pensar en otra cosa.

Abandono en el cenicero la colilla apagada que aferro entre los dedos de la otra mano, observando que fumé varios cigarros al hilo sin darme cuenta. Miro el reloj de pared, queda poco tiempo para empezar: muerto por muerto, uno a uno, nos dejaré sin linaje ni descendencia.

Me froto los ojos. ¿Por qué sigo aquí?, inmóvil mientras escucho el zumbido de una mosca estrellarse necia contra la ventana. Como si en algún punto del vidrio existiera una compuerta invisible que le permitiría escapar del aire sofocante y estático, contaminado de humo de cigarro, que hace que los ojos ardan, lloren lágrimas vacías de emoción, sólo gotas de agua con sal.

Podría abrir la ventana y dejarla que se ahogue en la tormenta pero hay libertades que son ociosas. Enrollo una revista y alcanzo a leer un encabezado mientras me acerco: *les contaré mi vida a los hombres para que ellos me digan quién soy.* Lanzo el golpe con tal fuerza que incluso el marco cimbra, pero el vidrio parece estirarse y la mosca escapa, se aleja en una trayectoria errática, sin reparar en la dirección hacia la que la conduce el vuelo atropellado con el que se desplaza. No puedo más que envidiarla. Su existencia está guiada por una serie de respuestas programadas. No tiene que pensar ni cuestionarse, sólo actuar: empujar el cuerpo contra el vidrio aunque no sirva de nada.

A fin de cuentas qué me importa, si no soy ella. Porque a pesar de que últimamente haya dedicado gran parte de mi vida a frotarme las palmas, una contra otra, sin decidirme a concluir mi obra, el día de hoy voy a consumarla.

Todo es cuestión de recordar poco a poco lo que he vivido, y de ahí tomar las fuerzas para dar el siguiente paso y el siguiente hasta que todo haya terminado.

Me dirijo al piso superior: desde el pasillo puedo ver a Jorge sentado en el borde de la cama de su padre. Julián le sonríe con ternura, quizás reconociéndose en la postura desgarbada y el cabello de rizos rebeldes de su hijo, tal vez se esperanza en la convicción de que Jorge será quien disfrute las alegrías que él no pudo o no quiso vivir.

No voy a permitirlo.

Entro a la habitación y los dos giran su rostro hacia mí. Extiendo una mano hacia Jorge sin dejar de mirar a Julián.

—Quiero que me ayudes con algo, Jorge… vamos a darle la sorpresa a tu papá —sonrío suavemente, aunque es posible que el rencor traicione mi gesto, porque Julián niega con la cabeza y su mano debilitada intenta aferrarse al brazo de su hijo.

—No es necesario. Ya has hecho… demasiado por nosotros.

—No digas tonterías, Julián —le digo, jalando suavemente a Jorge hasta que se pone de pie—. Además, es algo que te va a poner muy contento.

El más joven de los Espir devuelve mi mirada cómplice aunque no tiene idea de lo que hablo.

—¿Qué quieres que haga? —me pregunta Jorge con displicencia.

—Vamos a llevar a tu papá a la sala para que vea lo que llegó hoy —le guiño un ojo y él enseguida comprende.

—¿Para qué… cómo me van a bajar? —inquiere Julián nervioso.

—Te pasamos a la silla de ruedas, estoy segura de que entre Jorge y yo podremos hacerlo —leo en su rostro reticencia. Sé que teme al dolor físico más que a ninguna otra cosa, pero también sé que le cuesta trabajo confiar en la gente.

—No, yo me quedo aquí, vayan ustedes.

—Jorge, trae la silla —le ordeno y devuelvo mi atención a Julián—. Tienes que hacer un esfuerzo —insisto entre dientes mientras me reclino sobre su cuerpo para murmurar en su oído sin que Jorge me escuche—. ¿Quieres que tu hijo te recuerde como un guiñapo que ni siquiera intentó salir de la cama?

No responde. Empujo hacia un lado las cobijas que cubren su frágil cuerpo saboreando el poder que tengo sobre él y su hijo. Lo siento como una especie de retribución a los años que pasé sumisamente bajo el control de mi madre, pero es distinto porque yo tenía otras alternativas. En cambio Julián… él no tiene otra opción.

Cuando salí de la clínica con la certeza de que nunca más volvería a engendrar, me tracé un plan: dedicarme a ser la hija que mi madre quería, una especie de sombra que nunca la contradeciría, concentrándome en los quehaceres sin chistar en tanto terminaba mis estudios o conseguía un empleo que me permitiera independizarme.

A partir de ese momento mi rutina consistía en levantarme temprano para prepararle una taza de té y arreglar la casa antes de irme a la escuela. Ella no trabajaba porque mi padre había dejado un seguro de vida que le permitió sufragar los gastos de los primeros años. Con el transcurrir del tiempo me di cuenta que escapar de su yugo no sería tan fácil.

Mientras estudiaba la carrera universitaria, mi madre me

consiguió trabajo en un museo. Cada mes me acompañaba al banco para cobrar mi sueldo que guardaba celosamente bajo llave. Tal vez alguien más habría tenido las agallas de poner fin a la situación, yo había perdido poco a poco el impulso, había dejado de tener motivos para luchar.

Llevaba algunos meses trabajando en el registro de entrada al museo. Desde ahí notaba la camaradería existente entre los demás trabajadores. Yo difícilmente interactuaba con ellos y mi tendencia a cumplir mi trabajo al pie de la letra los hacía dirigirme miradas llenas de resquemor.

Sabía que hablaban a mis espaldas: se quejaban de que les exigiera portar los gafetes, que se peinaran de modo austero o que usaran el uniforme tal como lo indicaban los lineamientos. Algunos argumentaban que las salas eran frías y que por eso usaban chamarras o suéteres para cubrirse, pero yo era implacable. Les obligaba a dejar sus pertenencias personales en los casilleros de la entrada.

La última tarde que trabajé en el museo me encargaron que sustituyera a un muchacho que se había reportado enfermo. Me asignaron a la sala del Renacimiento para cuidar que nadie tocara ni sacara fotografías de las obras. Disfruté enormemente aquellos momentos en que me deleité con las pinturas de Tintoretto, el Greco y Durero. Era como si volviera a recorrer de nuevo las habitaciones de la casa Espir.

A la hora de la salida, mientras me disponía a cerrar la sala, escuché un ruido inexplicable a mis espaldas, parecido a dos tablas que se frotan. Me di la vuelta tratando de encontrar la fuente de tan peculiar sonido y encontré que el cuadro de una bruja rolliza y desnuda que montaba un animal con el rostro dirigido a la grupa, estaba colgado boca abajo.

Fruncí el ceño, confusa, no podía explicarme lo que veían mis ojos. Una excitación nerviosa se fue extendiendo por mi cuerpo mientras me aproximaba a la pintura, convencida de que se trataba de una señal. Quizás el espíritu de mi padre intentaba comunicarse conmigo, decirme que la bruja de mi madre sería pronto derrotada.

—¿Eres tú? —le pregunté anhelante al grabado, fijándome si incrementaba la débil oscilación del marco, o si finalmente caía al suelo.

La decepción se apoderó de mí cuando escuché unas risitas en el pasillo.

—¿Ya viste?... La loca cree que la bruja le está hablando —le cuchicheó un joven a una muchacha.

—Te dije que no se iba a espantar —replicó la otra con un tinte de decepción en la voz.

Comprendí que mis compañeros habían intentado gastarme una broma, pero la vergüenza y la rabia me impidieron arremeter en su contra. Maldije en silencio, mientras salía de la sala preguntándome porqué la gente estaba en mi contra, por qué se sentían con derecho a mofarse de mis intentos por encontrar algo que me diera esperanza. Había momentos en que deseaba que algo pusiera fin a mi vida: un terremoto, un incendio, cualquier cosa que me salvara de la nostalgia de lo que no pudo ser.

Me dirigí a casa caminando. A esa hora las calles empezaban a vaciarse de gente. Incluso los edificios parecían dormitar. En esos momentos querría haberme dirigido al teléfono público más cercano y marcar el primer número que se me ocurriera, tan sólo para decir que llegaría pronto, que nadie extrañara mi ausencia, pero sabía que no quedaba nadie a quien yo le importara.

Al llegar a casa no le comenté a mi madre lo que había sucedido, simplemente me encerré en mi recámara y encendí una veladora, creyendo que eso atraería al espíritu de mi padre y al mismo tiempo me mantendría a salvo. Me metí a la cama e invoqué su presencia, rogándole que me diera una señal, por mínima que fuera, para sentirme acompañada. Transcurrieron varios minutos sin que sucediera nada, la decepción se fue apoderando de mí. Me dije que ni toda la fe del mundo me haría capaz de ver lo que no existía. Evoqué entonces el rostro maníaco de la bruja mientras el cuadro se balanceaba en la pared del museo. Quizás en ella estuviera la revelación que tanto necesitaba, pero había dirigido mis ruegos a la potencia equivocada.

Clamé a las fuerzas ocultas, rogándoles que vinieran a mi lado quién sabe por cuánto tiempo. Mis párpados empezaban a ceder con pesadez, pero a pesar del agotamiento, me obligué a permanecer con los ojos abiertos en espera de alguna aparición terrible. No de un espectro que podría ser el producto de un juego de sombras, sino de la encarnación misma de aquello que respiraba en las tinieblas.

La luz de la vela se intensificó un segundo antes de apagarse y mi ansiedad ante lo que vendría se agudizó. Por extraño que parezca empecé a notar una mirada que residía en los objetos, en *ciertos* objetos aparentemente inocuos, que eran panópticos camuflados de la oscuridad: el ojo de la cerradura, los orificios de la toma de corriente, las rajaduras en la pared. Me envolví en las cobijas como una oruga gigante con la mirada saltando de la cortina a la lámpara y de ahí a la puerta del clóset, temiendo bajar la guardia y que del objeto más impensable, emergiera una fuerza demente que me devorara.

Cerré los ojos, agobiada por las siluetas que intuí que estarían aproximándose hacia mi lecho. Aunque el deseo de contacto era muy grande, al mismo tiempo me sentía aterrorizada.

La negrura a mi alrededor era cada vez más tangible, tan oscura que cuando me animé a abrir los ojos de nuevo, sentí como si estuviera dentro de un pozo. Entonces algo me besó en los labios, un toque breve y húmedo que me heló la sangre.

Me perteneces, susurró la sombra dentro de las sombras.

Después de esa noche decidí que tomaría las riendas de mi destino. No sabía por dónde comenzar pero empecé a investigar sobre las brujas. Iba a la biblioteca entre clases para encontrar mi siguiente lectura. Disponía los libros frente a mí y cerraba los ojos. Buscaba a ciegas, abriendo uno al azar. Imaginaba que cada pedazo de información, llegado el momento, me sería de utilidad.

De entre todas las historias que leí en aquel periodo, la primera mujer de Adán según la mitología semítica fue el personaje que cautivó mi atención. Esta hembra poderosa abandonó a Adán luego de negarse a yacer debajo de él durante el acto sexual y se hizo compañera de Samael, el ángel caído con quien engendró miles de demonios.

Dios envió tres ángeles para castigarla, pero ninguno pudo destruirla porque, de entre todas las criaturas, era la única que conocía el verdadero nombre del creador. Los ángeles mataron a sus monstruosos vástagos pero, según contaba la leyenda, ella empezó a segar la vida de los hijos de los hombres para vengar la muerte de su propia descendencia masacrada. Con los cuerpos de los infantes que mataba, hacía ungüentos para seducir a los hombres y asegurar la perdición de sus almas.

Su nombre era Lilit.

—ALMA... ¡ALMA! —me llama Jorge para que me haga a un lado mientras empuja la silla de ruedas hasta que queda junto a la cama.

Entre los dos cargamos el cuerpo de Julián. Ha perdido tanto peso que estimo que yo podría llevarlo en brazos hasta la sala.

—Deja... no es necesario —le digo a Jorge y levanto la mermada talla de Julián. Su rostro queda muy cerca del mío y nuestros ojos se encuentran por un momento. En los de él hay vergüenza, en los míos ya no queda más que frialdad.

Bajo las escaleras con lentitud. No cabe duda que en nuestra relación las cosas siempre han estado invertidas. Él debería llevarme en brazos, subir las escaleras hacia el tálamo nupcial, y no yo estar cargándolo en el descenso hacia nuestra perdición.

Julián aprieta sus brazos alrededor de mi cuello y siento su respiración acariciando mi piel. Deseo que sus labios me recorran de punta a punta, que me hagan olvidar mi propósito, que me hagan creer que podríamos empezar de nuevo... pero tose, salpicando mi piel con su saliva fría. Su cuerpo tiembla como el de un cervatillo herido y sé que he sobrepasado el momento en el que podía dudar, que aunque no lo quisiera he de continuar hasta el final.

Un rayo fulgura en el cielo, el destello en los charcos de agua se apaga casi enseguida y lo que podría haber parecido una señal divina, un plateado estruendo que, como trompeta celestial anuncia el fin del mundo, ahora es simplemente un eco sordo, tan en sincronía con lo cotidiano que ninguno de ellos podría saber que la hora ha llegado.

Deposito a Julián en el sillón más grande. Jorge acerca un taburete para que las piernas de su padre no queden colgando ridículamente como las de un títere. Observo a Jorge poner una manta sobre el cuerpo de Julián mientras jugueteo con un dije que pende de mi cuello. Es un corazón de lapislázuli que compré el día en que conjuré su regreso.

Aunque lo llevo oculto debajo de la ropa, sé que si me lo quitara, incluso un desconocido podría saber que algo me falta.

El trece de mayo del año pasado fue la fecha que escogí para invocar el regreso de Julián porque la órbita de la Luna pasaría por Escorpión haciendo propicia la práctica mágica.

Tras haberme dedicado por años, desde ese primer contacto la noche en que abandoné el museo hasta la época en que murió mi madre, al estudio de la magia y la sabiduría oculta como una especie de iniciación en el mundo de las sombras, no fue sino por casualidad que encontré lo que había estado buscando todo ese tiempo: descubrir si la magia era simplemente una estrategia humana, igual que los mitos y las religiones, para dotar a los hombres de una incipiente sensación de poder frente a las incertidumbres de la vida, o si efectivamente existía un poder latente, cuyo acceso descansaba en encontrar las palabras o el ritual precisos.

En aquella época, mi obsesión se disfrazaba de interés académico y así tuve acceso a información privilegiada sobre los rituales religiosos y paganos más diversos. En poco tiempo la brujería, la más antigua de las artes, se convirtió en mi único objeto de estudio.

Mientras revisaba un texto sobre el sincretismo mágico religioso en el Egipto grecorromano descubrí el ritual y la invocación que traerían a Julián de vuelta a mi vida. La información que contenían los *Papyri graecae magicae* incluía el procedimiento y los ingredientes para realizar el hechizo, el más importante de los cuáles sólo lo podría conseguir en la vieja casona Espir.

En la sección con los secretos arcanos para realizar hechizos de amor se indicaba que el éxito del conjuro para amarrar a dos personas dependía de incorporar dos ingredientes clave: la sangre menstrual de la hembra, el semen lechoso del varón. Me habría sido imposible conseguir los fluidos seminales de Julián, pero entonces me imaginé que posiblemente los testículos de su tío aún no se habían secado.

Planeé cuidadosamente los pasos a realizar: modelar dos figuras de cera, una que lo representara a él y otra a mí. Purificar una daga y trece agujas con la luz de siete lunas llenas. Esperar a que me llegara el periodo para obtener las muestras de sangre y, finalmente, drogar a mi madre para que no notara mi ausencia.

Pasaron varias semanas en las que me dediqué a seguir los pasos del tío de Julián. Sabía que continuaba viviendo ahí porque casi todos los días, con la esperanza de encontrar alguna vez a su sobrino, me dirigía a esos rumbos y espiaba los movimientos mecánicos y predecibles del viejo. Él salía todas las mañanas a caminar por la cuadra con ayuda de un bastón, compraba el periódico y después se encerraba en la casa el resto del día, quedándose en el estudio hasta altas horas de la noche. En poco tiempo me enteré que había puesto a la venta algunas de sus antigüedades. Me alegró saber que la fortuna ya no le sonreía, me deleitaba imaginando el dolor que sentiría al deshacerse, una a una de sus preciadas posesiones. Tomé el teléfono y realicé una cita para el sábado siguiente, fingiendo interés en adquirir una estatuilla de bronce del período *Art Noveau*.

El día en cuestión, hacia las siete de la tarde mi madre se retiró a su habitación para recostarse a leer. Le preparé el té habitual al que añadí un par de somníferos triturados. Mientras ella bebía el brebaje, guardé en mi bolsa todos los utensilios e ingredientes para el ritual, luego me asomé al cuarto y la encontré profundamente dormida. Estimé que, de acuerdo con lo que me había dicho el médico al que convencí de que me recetara el medicamento, tenía unas seis horas para regresar.

Me dirigí a la casona Espir caminando bajo la tarde que moría lentamente. Antes de tocar la puerta repetí en mi mente el nombre que había inventado al momento de hacer la cita, ensayando el tono en que sonaría más natural. Confiaba en que los años transcurridos y la edad del viejo le impedirían reconocerme.

Luego de varios minutos salió por la puerta principal y se dirigió, con ayuda del bastón, hasta la reja. No me dio la mano para estrecharla, simplemente hizo un movimiento con la cabeza para que lo siguiera al interior de la casa.

Me pregunté cómo lograría que me ofreciera un café o un vaso de agua para encontrar la oportunidad de drogarlo como a mi madre. Eché un vistazo a la luna, que empezaba a apoderarse del horizonte, tras el ventanal del estudio y rogué a las fuerzas selénicas que me ayudaran. El viejo se sentó tras su escritorio y empezó a estudiar mi expresión como un sabueso que sabe oler las mentiras. Me aproximé, parándome a pocos centímetros de él, y empecé a manipular la estatuilla de bronce sin fijarme en sus detalles sino en el rostro surcado de arrugas de Espir.

—Tú no vienes a comprar nada... Sé quién eres —dijo abriendo el cajón del escritorio.

—No sé de qué habla... —fingí una ligera sorpresa.

—Vienes todos los días a vigilarme, has venido a robar, pero no será tan fácil —espetó mientras intentaba meter con torpeza su mano gorda en el cajón.

Noté la cacha de una pistola en el interior. No sé por qué, pero en lugar de miedo me sentí extrañamente poderosa.

—Te equivocas, Jean Espir, no tienes idea de quién soy.

Antes de que el viejo pudiera reaccionar estrellé el bronce contra su frente. Fue un ruido seco, apenas amortiguado por su delgada piel. La mano de Espir no alcanzó a ceñirse sobre el arma, sus labios se estremecieron y por una esquina de su ceja empezó a escurrir un río rojo.

—¡Tú...! —farfulló al reconocerme, pero volví a golpearlo con la estatuilla, esta vez con mayor contundencia.

Su sangre me salpicó el rostro, era tibia y la gota que cayó en mis labios tenía un gusto salado. Limpié el bronce con el ruedo de mi gabardina y procedí a sacar una jeringa de mi bolsa. Noté que las manos me temblaban cuando me puse los guantes de látex. No sabía si era miedo, asco o adrenalina. Quizás todo al mismo tiempo.

Desabroché los pantalones del viejo y hurgué en sus calzones hasta exponer sus genitales. Enterré una jeringa en sus testículos, extrayendo un líquido rosáceo. Supuse que, sin que yo fuera médico, era lo más cercano a semen que podría obtener de su cuerpo.

Me dirigí al patio trasero con todas mis cosas. Tomé un puño de tierra y lo puse sobre la gabardina que extendí en el piso, con el lado salpicado de sangre hacia arriba. Coloqué las dos figuras de cera encima de la tierra, metí una mano debajo de mi ropa hasta que manché mis dedos con mi menstruación y los froté en la figura que me representaba, mientras que a la de Julián la unté con la sanguaza que extraje del viejo y empecé el conjuro:

Aquí, Hécate, indómita, tú que abres la tierra, que todo lo dominas, caminante, tricéfala, diosa polimorfa de la encrucijada, te invoco.

Aquí, Hécate, diosa de los muertos, de ardiente consejo. Sí, a ti, Hécate, te invoco tres veces junto con muertos prematuros y silbando salvajemente te ofrezco mi sangre con la daga que hiere mi pecho.

Hundí la punta filosa de una navaja en mi seno izquierdo, después levanté el arma ensangrentada dejando que la luz de la luna la bañara y la clavé en el centro del montículo de tierra. Procedí a encajar las trece agujas en los oídos, los ojos, la boca, el corazón, las manos, el bajo vientre, el sexo, el ano y las plantas de los pies de la figura masculina mientras murmuraba:

Coloca mi recuerdo sobre la cabeza de Julián Espir, prívalo del sueño. Que no pueda comer, pensar ni dormir, que sufra insomnios y desvelos. Que rechace a la que comparte su lecho y me coloque a mí en su corazón. Que se presente a las puertas de mi casa, dominado por el deseo de mi amor y de mi sexo.

Aquí, Hécate, madre de la noche, te invoco en mis cantos mágicos: haz que Julián venga enloquecido a las puertas de mi casa, sin recordar a sus hijos, olvidando a sus padres, odiando todo el linaje de sus antepasados, que no tenga cabeza para nada con excepción de mí. Que venga y me tenga en su corazón a mí únicamente. Inflama con fuego inextinguible el alma de Julián, empújalo hacia mí, que me ame ardientemente, que sufra y se consuma en el fuego, sin que haya lugar para nadie más que yo en su mente y en su corazón.

Terminado el ritual guardé todo en la bolsa y doblé cuidadosamente mi gabardina, después limpié mi rostro en la fuente del jardín. Salí de la casa y cuando llegué a la mía puse todas las cosas en mi antigua maleta. Ya después tendría tiempo para deshacerme de ella.

Entré al baño y me desnudé, abrí la llave derecha de la regadera al máximo, dejando que el chorro me golpeara. Necesitaba que el violento golpe del agua helada me ubicara en tiempo y espacio, que despertara mi carne de su letargo y la dejara lista para recibir de nuevo las manos de Julián.

Los días que siguieron a la muerte del viejo Espir recorté y guardé las notas que aparecieron en los diarios. La policía supuso un crimen pasional al encontrar su cuerpo semi desnudo, sin que faltara ninguna de sus valiosas posesiones. La mejor pista que tenían apuntaba a un servicio de prostitutas que el tío de Julián contrató en alguna ocasión.

El viernes posterior al asesinato, la página de sociales anunció que a la mañana siguiente se realizaría el entierro en el panteón francés. Convencida de que era imposible que me vincularan con la muerte del viejo y sabiendo que Julián tendría que presentarse a las exequias por ser su pariente más cercano, me puse alegremente a elegir el vestido que me pondría para la ocasión.

Aquel sábado el cielo estaba despejado y el olor a flores frescas difícilmente disimulaba el de agua estancada que emitían las urnas vecinas al sepulcro que habían elegido para depositar el ataúd del viejo Espir. Aguardé a cierta distancia a que concluyera el servicio. Los asistentes poco a poco se fueron retirando, luego de despedirse de Julián. A pesar del rostro compungido no pude dejar de notar que los años le habían sentado bien. Cuando las últimas personas le estaban dando el pésame, decidí acercarme. Al cruzarse nuestras miradas su sorpresa fue evidente y lo único que atinó a hacer fue abrazarme con tal fuerza que me sacó el aire.

—No puedo creer que estés aquí... —dijo acercando su mano a mi cara con la intención de tocarme, como si hubiera querido cerciorarse.

—Ya ves... —mi voz era calmada, aunque por dentro mi excitación me impelía a arrojarme a sus brazos.

—Lo mataron, ¿puedes creerlo? —murmuró abatido.

—¿Saben quién lo hizo? —inquirí con un dejo de compasión.

El negó con la cabeza, luego se encogió de hombros.

—No creo que se llegue a saber... —suspiró y metió sus manos en los bolsillos de su chaqueta—. Debo marcharme.

—¿Tan pronto? —hubiera querido que mi voz no sonara tan desesperada, pero al menos logré que dejara de ver el montículo de tierra y me mirara de nuevo a los ojos.

—Vine por pocos días y debo ir a arreglar sus cosas... —explicó—, la verdad que no quisiera regresar a su casa, pero la policía me dio permiso de ir a organizarlo todo.

—Vamos... Te acompaño —susurré enlazando mis dedos con los de él como cuando éramos jóvenes.

Jaló aire y miró hacia abajo, después me encaró con expresión sombría.

—No puedo.

—¿Por qué no?

—Hay demasiados recuerdos... tuyos y míos en ese lugar.

—Precisamente por eso, Julián, yo puedo hacerte olvidar el dolor... —acaricié su mejilla y lo miré anhelante.

Él levantó su mano izquierda para mostrarme la argolla que llevaba en su índice. Contemplé el anillo un instante, luego cerré mi dedos sobre los de él.

—No importa, los dos lo necesitamos.

—Aunque así sea... no puedo hacerlo, no sería correcto —dijo zafando su mano de la mía.

Sentí que el piso se hacía blando bajo mis pies. Eché mi cabello hacia atrás pensando la manera de hacerle ver su error.

—Sólo un beso, Julián... tan sólo un beso más —lo miré suplicante—. Sólo quiero... tan sólo quiero... No, no quiero... Necesito besarte.

Julián pasó los dedos por su cabello y negó con la cabeza.

—Lo nuestro pasó hace muchos años... —murmuró, aunque podía leer en su respiración, intensa y acelerada, cómo renacía el fuego por mí.

—Entonces por los viejos tiempos... me lo debes.

Ponderó mis palabras unos instantes y, estando a unos metros de la tumba de su tío, tomó mi rostro entre sus manos y me besó con la misma urgencia de la primera vez. Hundí mis dedos en su cabello, atrayendo su cabeza hacia mí para no dejarlo ir. Entonces sentí cómo, poco a poco se quebraba su resistencia, como un dique incapaz de contener por más tiempo las aguas caudalosas del deseo.

Hice una señal al primer taxi que pasó y entramos apresuradamente. Julián indicó la dirección con un tinte de desesperación en la voz como si alguien nos persiguiera.

El vehículo arrancó y me descubrí apretando los muslos uno contra otro, en busca de que la tela de la prenda interior mordiera el montecillo que mantuve olvidado durante tantos años. Quería que Julián pusiera sus manos en mi cuerpo, que hiciera aullar a la perra en celo que llevaba dentro en espera de que la espolearan para sacudirse satisfecha.

El automóvil se metió por callejuelas, evitando el tráfico de las avenidas principales. La mano de Julián apretaba mi rodilla, subía por la cara interna de mi muslo; los ojos del taxista seguían cada movimiento desde el espejo retrovisor. Yo tenía que esforzarme por no gemir, por no hundir los dedos de Julián en mi entrepierna.

Llegamos a la casona y apenas cerró la puerta empezamos a quitarnos la ropa. Tocaba mi cuerpo con rudeza, pero no importaba que me lastimara, sólo quería disolverme, quedar sin nombre y sin futuro, desarraigada de todo menos de él.

Presionó mi cuerpo contra la pared del vestíbulo mientras me besaba como si intentara hacer sangrar mis labios. Manoteé tratando de aferrarme a algo y tiré un florero, que se hizo añicos. Él ni siquiera pareció notarlo, pues continuó sus embates hasta que terminamos tendidos en el piso.

Cerré los ojos al sentir las pequeñas astillas clavándose en mi espalda desnuda. Con las manos separó mis piernas y empujó la punta de su sexo en mi interior. ¡Mírame!, ordenó. Noté que con el esfuerzo una vena le palpitaba en la frente, era verde y torcida, no recordaba haberla visto antes.

Cada embestida encajaba los fragmentos de vidrio más profundamente. El olor metálico de la sangre llegó a mi nariz. Sonreí. Un poco de mi sangre a cambio de tenerlo dentro, llenándome, me pareció un buen trueque. Me estiré para besarlo, pero él viró su rostro en la última arremetida. Entrecerré los ojos y lo observé calculadoramente mientras se vaciaba. Ya llegaría el momento en que se arrepintiera de cada beso que me negó.

Cuando llegué esa noche a casa mi madre me esperaba sentada en la sala. Aparentó por un rato que estaba absorta leyendo una revista, pero como yo no daba indicios de dar explicaciones y me movía con ligereza de un lado a otro mientras ponía la tetera al fuego, no se pudo contener.

—¿Dónde estabas? —gruño sin despegar la vista de la hoja—. ¿Ya viste la hora?

Me encogí de hombros, no podía disimular la sonrisa que se extendía por mi cara. Mi madre afiló la mirada, examinándome con recelo, luego abrió los ojos sorprendida.

—¡Vienes de acostarte!

—¿Y? —le respondí sin intentar siquiera negarlo.

—¿Cuánto tuviste que pagar? —inquirió maliciosamente, cerrando la revista.

Las mejillas se me encendieron como si me hubiera abofeteado, pero en lugar de golpearla como quería simplemente me reí. Qué sabía ella, sólo hablaba desde el resentimiento y la soledad. No era capaz de aceptar que alguien me amara, o que yo estuviera a punto de recuperar mi identidad de entre los despojos.

Ella era especialista en el rechazo porque en él no había lugar para la esperanza. Había construido una fortaleza con vallas de aire y de silencio para resguardar lo poco que le quedaba: todo aquello que había deseado que fuera suyo pero que nunca se atrevió a obtener. Sus fantasías cada día, a cada hora, se iban desvaneciendo. Pero ya era tiempo de que le impidiera arruinar uno más de mis sueños.

—Él regresó a mi lado —dije victoriosa.

—¿Él?... ¿Es alguien que existe fuera de tu cabeza? —replicó con sorna.

—Cuando estés sola, pudriéndote en esta casa, no te quedarán dudas de su existencia.

El rostro se le descompuso y apretó los puños con rabia.

—¿No te has visto al espejo? Ningún hombre en su cabal juicio estaría contigo.

—¡Él siempre lo quiso, y ahora regresó por mí! —le grité enfurecida, arrojando la tetera contra el fregadero.

Ella no se inmutó. Por el contrario, parecía estar disfrutando mi exabrupto, señal de que estaba plantando la semilla de la duda en mi alma.

—¿Y porqué no vino antes? —hizo una pausa para evidenciar que yo tampoco encontraba argumentos válidos que lo explicaran—. Entiende, ni ese ni ningún otro hombre te va a amar. ¡Mírate! ¿Cuantas veces más querrá tocarte sin que empieces a darle asco?

Sus palabras, el odio en su mirada, me dejaron varada frente a un muro de espejos estrellados: cada reflejo me contaba una historia distinta, una razón diferente para justificar la tardanza de Julián en regresar, para explicar la rudeza con que se fusionaron nuestros cuerpos.

Un motivo por cada reflejo: unos disculpaban y prometían, otros se burlaban y herían. Hubiera querido materializar un trozo y herir mil veces los ojos de mi madre para que dejaran de atormentarme, para que dejaran de obligarme a repasar las horas recientes en mi cabeza porque no podía encontrar en ninguna de las acciones de Julián la más mínima intención de que quisiera reanudar lo nuestro.

—Te maldigo, madre. Que tu vida en el infierno sea mil veces peor que la existencia que me has dado —le dije con rencor fulgurando en mis pupilas.

La lluvia empieza a escampar. Julián mira las primeras estrellas de la noche con nostalgia. Jorge se sienta junto a mí, recibe intrigado el libro que pongo en sus manos.

—¿Ya? —me pregunta Jorge.

—¿Qué cosa?

—Que si ya traigo la mari...

—Todavía no —lo interrumpo, apretando suavemente su rodilla.

Él se reacomoda en el asiento y pone el libro sobre su regazo, sin despegar su mirada de mi rostro.

—¿Vamos a ponernos a leer? —se ríe confuso mientras sus ojos recorren la portada.

—Yo escribí ese libro antes de que tu padre y yo volviéramos a reencontrarnos —le digo mirando de reojo a Julián.

—¿De veras? —dice Jorge sorprendido—, pero aquí dice que la autora es...

—¿No me crees?—, lo interrumpo mostrándole la solapa donde viene mi foto.

—¿Pero entonces...? —empieza a formular mientras pasa las páginas con interés.

—Su verdadero nombre no es Alma. —murmura Julián con un hilo de voz apenas perceptible mientras se mira las manos. Tengo la impresión de que está más débil que nunca.

—Hace algún tiempo me dedicaba a estudiar las religiones paganas.

—Pero… ¿aquí dice que es una historia de las brujas?… ¡Las brujas no son religiosas! —el muchacho emite un sonido risueño y niega con la cabeza.

—Sí que lo eran… a ellas las persiguieron por sus creencias —le aclaro de un modo confidencial—. De hecho, si las mataban era porque el resto de la gente les temía, pues el ser al que adoraban, las hacía muy poderosas.

—No le hables de esas cosas a Jorge —me interrumpe Julián ahora que he acaparado la atención de su hijo—. Mejor díganme, ¿cuál es la sorpresa? —nos pide, acomodando la cobija sobre sus delgadas piernas.

—Qué poca paciencia tienes, Julián… —les digo poniéndome de pie—. Esta vez tú ganas… Ahora vuelvo.

Pero en lugar de dirigirme a la biblioteca por la mariposa, avanzo con dirección al sótano. El pasillo está oscuro y me recuerda al pasaje por donde tuve que enfilarme para subir al estrado donde presenté el libro que puse en las manos de Jorge hace apenas unos momentos.

EL TEXTO HABÍA ESTADO listo para su publicación a los pocos días del enfrentamiento con mi madre. Lo que en otro momento habría sido un motivo de alegría se tornó en una pesada carga una vez que me di cuenta que los malos augurios de mi madre se materializaban: desde el día del entierro del viejo Espir no había tenido noticias de Julián. Me forcé a tener paciencia. Estaba convencida de que el poderoso conjuro que había realizado, tarde o temprano surtiría efecto. Por lo menos el compromiso de presentar el libro ocupaba la mayor parte de mi tiempo.

Llegada la fecha, más o menos un mes después de mi encuentro fugaz con Julián, me obligué a tomar un ansiolítico, convencida de que me ayudaría a evitar tropiezos, pero de cualquier manera las manos me sudaban copiosamente. Cuando tomé mi lugar en el estrado, me sorprendió notar la heterogeneidad del público. No estaba segura de poder convencerles de lo que Baudelaire alguna vez dijo: que el poder del diablo radica en que nadie cree en él.

Fruncí el ceño intentando recordar la frase con la que iniciaría mi exposición. Empecé a repasar las notas que tenía en mi regazo para encontrarla, pero la mirada de mi madre, quien insistió en acompañarme, me distraía desde la tercera fila.

El nerviosismo me dejó con la boca seca. Observé impotente la jarra con agua que estaba al centro de la mesa, demasiado lejos del alcance de mi mano. Vi descender el nivel del líquido hasta terminarse mientras los invitados que comentarían mi obra llenaban sus vasos y bebían largos tragos. Mi madre pareció notar mi incomodidad y me dirigió una sonrisa que en ese momento no supe catalogar si era compasiva o maliciosa.

No me di cuenta de que habían anunciado mi turno sino hasta que el codazo de la persona a mi lado me sacó del estupor. Los asistentes me miraban incómodos desde sus asientos. Me incorporé llevando las tarjetas con notas hechas un lío hasta llegar ante el podio donde me tomé mi tiempo para acomodar el micrófono. Cuchicheos, carraspeos y movimientos descruzando y cruzando brazos y piernas me apremiaban a que empezara. Las luces bajaron de intensidad y el ruido proveniente del proyector de diapositivas inundó el ambiente.

—El Diablo tiene senos en el arcano XV del tarot de Marsella —anuncié con voz pastosa; el micrófono seguramente distorsionaba mi timbre haciéndolo sonar demasiado agudo. A nadie pareció inquietar la frase que a mí, aún después de tantas veces pensada, me provocaba escalofríos—. El diablo tiene senos... —repetí al tiempo que giré la cabeza para ver la imagen proyectada en la pantalla detrás de los expositores.

Suspiré derrotada cuando mis ojos se encontraron no con la imagen que yo esperaba, sino con la última de las tres que había elegido para ilustrar la exposición. Ante mí estaba varias veces magnificado el frontispicio del "*de confessionibus maleficorum et sagarum*".

—Pobrecita, discúlpenla... Es la primera vez que habla en público —escuché que decía mi madre a las personas a su alrededor.

Le dirigí una mirada de advertencia. Quería que se callara, que dejara de disculparse por mí y hacer más evidentes mis fallas.

—Aquí… en este grabado podemos ver algunas de las típicas actividades atribuidas a las brujas entre los siglos XIV y XVII —dije con aplomo, esperando que mi voz, magnificada por el micrófono, sonara por encima de la de mi madre—. Vuelan en tridentes y cabras, destruyen cosechas, se arrodillan ante diablos preparándose para la *fellatio*…

—No sé por qué tiene que hablar de esas cosas tan sucias… En mis tiempos mis padres me habrían tirado los dientes de un bofetón si hubiera hablado de felaciones —continuó parloteando mi madre a quien le prestara oídos.

—…aunque otros grabados de la época privilegian la práctica del *osculum satanis* —continué con mayor énfasis, como si se tratara de una competencia por ver quién lograba acaparar la mayor atención—. En ésta práctica la sumisión absoluta que se sella en las ceremonias religiosas tradicionales con un beso en los pies o la mano de la santidad encarnada, se traslada al ano; inversión claramente sexualizada del ritual con que las brujas pactaban su adoración al diablo.

—Siempre ha sido rebelde… su padre la malcrió. Si ustedes supieran, cómo me trata… —se quejaba, empezando a poner incómodos a los asistentes que ya no sabían a cuál de las dos atender.

Tomé aire, tratando de relajar la tensión en mis quijadas. No podía creer que mi madre aprovechara cualquier oportunidad para mancillar mi nombre.

—Pero como vemos, la imagen central de este grabado es la de una bruja que introduce un recién nacido en el caldero, acto que constituye la perversión máxima contra el instinto materno —entrecerré los párpados—. Aunque hay mujeres que no necesitan ser brujas para realizar actos tan deleznables como estos —dije esta vez con mis ojos clavados en ella.

Desde su asiento me encaraba con un reproche mudo. Tenía la boca arrugada en un rictus desafiante.

—¿La cuestión es, *existen* las brujas? —pregunté a la tenue oscuridad que caía sobre los espectadores, luego señalé la proyección a mis espaldas—. En las mitologías de prácticamente todas las culturas encontramos descripciones de hembras terribles asociadas a la destrucción y la concupiscencia. Lilit, la primera mujer de Adán, podría considerarse la más poderosa de ellas. Aún el día de hoy existen mujeres que aseguran ser parte de su descendencia, mujeres que como ella sufrieron el asesinato de sus hijos ante la mirada impasible de un Dios que no se atrevió a ayudarlas y que por ello se volvieron concubinas de la única potestad que les ofrecía consuelo: Satanás —podría jurar que escuché la respiración de mi madre atorarse en su garganta. Nuestros ojos se cruzaron y le dirigí la más cruel de mis miradas.

—Así que en eso te has convertido —dijo quedo, pero alcancé a escucharla.

—¿Existió Lilit?... —pregunté tras una pausa en la que pasé la lengua por mis labios—. ¿Cómo saberlo? Lo que sí es de nuestro conocimiento es que el hombre ha practicado una serie de ritos y ceremonias con objeto no sólo de entrar en contacto con las fuerzas sobrenaturales, sino para obtener poder sobre las cosas y las personas.

Las palabras salían de mi boca, pero mi mente se preguntaba una y otra vez, si mi madre tenía razón. Si había sido yo y no ella a quien se le había corrompido el alma. Tomé una pausa reflexiva y dejé mis notas a un lado.

—¿Qué es lo que hace que una mujer se convierta en bruja? —inquirí mientras aparecía en el proyector la siguiente imagen, aquella que mostraba la imagen que tanto me impresionó cuando trabajaba en el museo: *Bruja montando carnero al revés*, de Alberto Durero—. Quizás la envidia y el miedo, la soledad y el desprecio repetidos son los que hacen que una mujer cualquiera se dedique a destruir todo lo bueno que existe en el mundo. Hasta que un día... de repente, se percata...

Mi madre se movió en su asiento, incómoda. Pasó su mano por la frente como si estuviera limpiándose una capa de sudor, mientras movía los labios emitiendo un murmullo ininteligible.

—Se percata de lo que tiene que hacer —dije con tal aplomo que, por primera vez, tuve claridad del camino que tomaría de ahí en adelante—. Así que... aunque la magia se ha practicado en todos los tiempos por todo tipo de personas, las brujas son mujeres a las que se les arrebató su legítimo poder de ser felices, quienes se dieron cuenta que la única manera de recuperarlo era devolviendo cada golpe, cada tortura, aunque ello implicara la realización de terribles actos en otros seres tan inocentes como ellas alguna vez lo fueron.

Mientras decía cada palabra reconocí en mi madre cada aspecto. Quisiera haber podido sentir lástima o compasión por ella, pero al notar que continuaba con aquella mueca ofendida en el rostro, enfrascada en emitir murmullos incomprensibles para atraer la atención a su persona, el enojo que yo había acumulado por años empezó a agolparse en mi pecho.

—A estas mujeres no les quedó otro remedio que infligir daño a los demás... Pero no se confundan. No las movía un arrebato caprichoso para obtener lo que deseaban o necesitaban... Como Dios las había abandonado, en ellas recayó el derecho de hacer justicia por su propia mano para que entonces les fuera posible recuperar su sentido de identidad.

Me dio la impresión de que los ojos de mi madre se habían iluminado, como si mis palabras justificaran cada uno de sus actos. Me sentí enferma. Yo maté a Jean Espir porque fue necesario, en cambio mi madre asesinó a mi hijo sin que hubiera motivo.

—Las… las mujeres que más se acusaron de brujería fueron las parteras. Ellas matan a los recién nacidos porque con ello los privan de la salvación.

Como a tu engendro, podría jurar que esas palabras son las que musitó mi madre en ese momento y el odio que se me extendía por el cuerpo me hizo desear echármele encima a golpes, para que sintiera algo del dolor que me consumía.

—Lo que esas mujeres no saben es la aridez que dejan a su paso… El vacío que siembran en aquellos que han tenido la desgracia de cruzarse en su camino —mi voz era un ruego para que ella escuchara, para que se diera cuenta del daño que me había hecho.

—Te salvé de quedarte atada y así es como me lo agradeces —refunfuñó desde las sombras, los diamantes de su anillo de serpiente fulguraron desafiantemente.

—¡A esas mujeres deberían seguir quemándolas vivas! —exclamé iracunda y el público se replegó en sus asientos. Unos incluso se escurrieron a la salida.

—Nunca debí de haber permitido que vieras la luz del día —dijo contrita y se revolvió en el asiento como si éste la tuviera prisionera.

—¡Alguien debería de arrancar sus corazones y escupirles a la cara! —el cuerpo me temblaba y sentía mis ojos desorbitados. Era como si una fuerza animal me hubiera poseído.

—¿Quién te crees que eres, para hablarme así? —gruñó mientras se ponía de pie con dificultad. Noté que se tambaleaba, como si sus piernas estuvieran a punto de rendirse bajo su peso. Se llevó una mano al pecho, pero tuvo fuerzas para sostenerme la mirada.

—Mi tiempo ha llegado madre, el tuyo ha terminado —masculló con el resentimiento intensificando cada una de mis palabras.

—¡Nadie escapa a su destino, puta maldita! Siempre vas a estar sola —gruñó antes de desplomarse en el piso.

Me quedé paralizada, con los puños cerrados y las uñas clavándose en mis palmas mientras la gente se aproximaba para auxiliar a mi madre. A pesar de que la había odiado durante mucho tiempo, me sorprendí cuando alguien dijo que ya no respiraba.

¿Era mi odio tan grande que podía segar la vida de una persona? Lo intuí entonces, pero esta noche ha llegado el momento de comprobarlo.

RESPIRO PROFUNDAMENTE y bajo las escaleras que conducen al sótano. Durante el trayecto intento despertar la furia que sentí la tarde en que murió mi madre. Repaso en mi mente las ideas que me han envenenado y sostenido desde aquel entonces: la certeza de que Julián no me ama y que si vivimos juntos es porque no le queda más remedio, la convicción de que nunca he tenido algo verdaderamente mío, la certidumbre de que mi alma está tan podrida como lo estuvo la de mi madre.

Me detengo frente al lugar donde está la caja y reviso el contenido. Tomo uno de los fragmentos más grandes del espejo, después la daga. Alcanzo unos cerillos y una vela que enciendo en ese momento y, con la tenue luz que recorta de manera más precisa las penumbras que me rodean, me guío para retirar el candado de la puerta tras la que escondo las figuras de plastilina.

Llevo todas las cosas hacia la sábana que está extendida en el piso. La duela emite un quejido bajo mis pasos. Los crujidos de la madera y el crepitar de la llama acompañan al sonido solemne de mi respiración. Me hinco y dispongo los objetos sobre el blanco lienzo, después trazo un círculo a mi alrededor: el temenos ritual para la ceremonia que me dispongo a comenzar. Sostengo la figurilla de Jorge y la acaricio por unos momentos.

—¿Recuerdas cuando quebraste éste espejo?... —musito antes de presionar la superficie brillante contra el rostro del muñeco.

Fue aquella mañana en que me enteré de tu existencia, pocos días después de que mi madre sufriera el derrame que la mató durante la presentación de mi libro. Me despertó el timbre de la casa y por un instante pensé que escucharía sus gritos apurándome a que abriera, pero de ella sólo quedaban cenizas dentro de una urna que estaba en la cocina.

Con parsimonia me dirigí a la puerta y observé por la mirilla. Fruncí el ceño mientras anudaba el cordón de la bata y procedía a descorrer el cerrojo, asimilando con lentitud que aunque era obvio que Julián recordaba mi dirección, no había hecho intento alguno por buscarme en todos esos años. Descansé mi mano sobre la manija por unos segundos. Me percaté de que la emoción por verlo era casi tan fuerte como el resentimiento que sentía.

Abrí apenas una rendija. Lo miraba con recelo, pero Julián me saludó con una sonrisa cálida que lo hacía verse casi tan joven como yo lo recordaba.

—Hola… ¿Te desperté?

Encogí los hombros y me le quedé viendo. Hasta mis narices llegó el aroma fresco de su loción de afeitar. Pasé la lengua por mis dientes y probé el sabor amargo de mi boca.

—¿Qué quieres? —recargué mi cuerpo en el marco de la puerta y me crucé de brazos. Deseaba preguntarle por que se había tardado tanto tiempo en regresar.

—Lo siento, no debí haber venido así… de repente.

Ladeé la cabeza para ver más allá de Julián. En la acera estaba estacionado un automóvil que no conocía. Torcí los labios. Me molestaba que los vecinos supusieran que porque yo no tenía coche tenían derecho a ocupar la entrada de mi casa. Devolví mi atención a Julián quien no hizo intento alguno por marcharse.

—Sé que esto es muy repentino, pero... necesito pedirte un favor —añadió, mientras atisbaba el interior de la casa como muchos años atrás.

—¿Ah sí? —repliqué con estudiada indiferencia, pero algo se suavizó en mi interior al saber que él me necesitaba.

—¿Está tu papá? —preguntó casualmente, como si necesitara dilatar el momento de su petición.

—Mi padre murió hace muchos años.

—Vaya... lo siento... nunca pude conocerlo.

Levanté una ceja mientras estudiaba su rostro. ¿Acaso pretendía que creyera su fingida compasión? Estuve a punto de gritarle que mi padre había muerto una noche en la que yo había ido a buscarlo.

—¿Lo sientes?... —me reí sardónicamente—. ¿Por qué habría de importarte él si ni siquiera te importé yo?

—No es cierto... —extendió su mano en un intento por tocar mi brazo. Cerré mis ojos para que no viera la vulnerabilidad que habitaba en ellos—. Claro que me importabas, Alma.

—¡No me digas así! —gruñí y me aparté para evitar su toque, sabiendo muy bien que el momento en que sus dedos hicieran contacto con mi cuerpo, habría sido capaz de olvidarlo todo.

—Éramos sólo unos niños... —dijo como si eso pudiera borrar el vacío que me dejó su ausencia.

—No actuaste como un niño hace un par de semanas.

—Estaba abatido... —agachó la cabeza—. Acababa de enterrar a mi tío, te ofreciste a hacerme compañía...

Encogió sus hombros y lanzó un suspiro apagado. No alcancé a dimensionar el efecto que sus palabras estaban teniendo en mí, porque me pareció escuchar a mi madre retorciéndose a carcajadas desde el infierno.

—Nadie escapa a su destino... —musité, con el desengaño enturbiándome la mirada.

—¿Qué dices?

El ruido de la portezuela del coche abriéndose llamó nuestra atención. Un muchachito rubio descendió del automóvil. Era la viva imagen de Julián aunque su cabello era más crespo. La sorpresa me sacó de mis propias tribulaciones.

—¡Papá! — lo llamó el chiquillo con fastidio en la voz.

—No sabía que tuvieras un hijo...

Nunca imaginé que podría doler de manera tan física no tener algo que pudo... que *debió* de haber sido mío. Me pregunté si de haber nacido mi hijo se habría parecido a este niño y quise adivinar algunos de mis rasgos en los suyos.

—Sí... ya tiene doce años.

—¿Doce? —asentí lentamente. No comprendía por qué motivos una información tan irrelevante la estaba recibiendo como si se tratara de una burla macabra, como si cada día que ese muchacho había vivido, se lo hubiera robado al pedazo de carne que me arrancaron de las entrañas.

—¿A qué viniste? —le pregunté desorientada, porque de repente sentí que todo esto no era más que un mal sueño.

—Yo... quería pedirte un favor, pero creo que será mejor que me marche —dijo y sentí que el mundo se detenía antes de empezar a quebrarse por todos lados.

—Julián... dime.

—No tengo ningún derecho a pedirte esto, pero ya no conozco a nadie en la ciudad... —dudó por un momento, mirando del muchacho a mi cara—. ¿Podrías cuidar de Jorge por unas horas?

Eché un vistazo al muchacho que se había sentado en la banqueta con la barbilla recargada en las rodillas y un mohín enfurruñado en el rostro.

—¿Qué, tu esposa no puede atenderlo? —repliqué con sorna.

—La comida de aquí no le sentó bien y está en el hospital. A Jorge no lo dejaron entrar a ver a su mamá, pero tampoco creo que sea una buena idea dejarlo solo en la casa de mi tío… No pudimos sacar la mancha de sangre de la alfombra —me dijo de modo confidencial.

—Ya veo… —si Julián hubiera sabido que en mi casa también había sangre de su tío en mi gabardina, seguramente no habría querido dejar a su hijo conmigo.

—No te va a dar ningún problema, te lo aseguro. Serán unas cuantas horas nada más.

—¿Y después qué? ¿Volverás a irte otros veinte años? —me burlé.

—No digas eso… lo nuestro terminó hace mucho y aunque quisiera… ya no es posible.

Sus dedos rozaron mi antebrazo con suavidad, mientras sus ojos me miraban con tal compasión que se derrumbaron todas mis esperanzas. No podía soportar su lástima, era aún peor que si me mirara con desprecio.

—¡Papá! —gritó Jorge una vez más, con la impaciencia arrebolándole las mejillas.

—Déjalo aquí —murmuré estudiando al muchacho. Se me ocurrieron mil maneras de borrar para siempre la sonrisa de alivio que se dibujó en la cara de Julián.

—Gracias —asintió y llamó a su hijo—. Ven, Jorge, saluda… Esta es Alma, ya te he hablado de ella.

Me obligué a sonreírle al niño cuando se acercó y me ofreció la mano para estrecharla. Era un muchacho alto para su edad, apenas unos centímetros más bajo que yo, pero no tan delgado como Julián solía ser.

—Hola, yo soy Jorge —me dijo sin que pudiera notar el acento extranjero en su voz.

—Mucho gusto, Jorge… ¿ya sabes que te vas a quedar conmigo?

El jovencito asintió.

—Pues claro, papá me lo dijo de camino para acá.

—Ve por tus cosas —le ordenó Julián y el muchacho se fue de vuelta al coche, regresando a los pocos minutos con una mochila.

—¿A qué hora vienes por él? —pregunté empezando a jugar en mi cabeza con las posibilidades: secuestrar al niño, envenenarlo, quemarlo.

—En unas cuatro o cinco horas.

—Va a ser una visita muy larga... —me enardecía constatar que Julián no pudiera permanecer ni un día completo alejado de su esposa.

—Lo que pasa es que hoy la dan de alta... No sé cuánto puedan tardar los trámites.

—Tómate el tiempo que necesites —le dije con una dulzura que estaba muy lejos de sentir—. Para eso somos... pues lo que sea que seamos.

Julián abrió la boca para replicar pero se había quedado sin palabras. Sacudió la cabeza y se dirigió al lado del conductor.

—Tres horas... vendré en tres horas.

Torcí la boca en una mueca, pero él ya no la vio. Jorge permaneció en el quicio de la puerta mientras el auto se alejaba por la calle. No sé que pensaría él, pero yo deseé que se estrellara en la primer esquina.

—Ven, vamos adentro —le dije al muchacho y cerré con llave una vez que entramos.

Jorge dejó sus cosas en el sillón de la sala, el mismo en el que su padre y yo nos acostamos la primera vez, y tomó asiento.

—¿Te gusta la ciudad? —le pregunté para romper el silencio.

—No... —se encogió de hombros y esculcó en su mochila hasta que encontró un juguete electrónico— Lo bueno es que nos quedaremos poco tiempo.

—¿De veras?

—Ajá… un par de días en lo que arreglan los papeles para vender la casa que heredó mi papá —me informó sin dejar de atender a la pantalla del juguete.

Me desplomé en el asiento contiguo. En algún resquicio de mi alma había mantenido la ilusión de que con el tiempo Julián reanudaría su relación conmigo y, aunque fuera desde las sombras, habría una manera de que estuviéramos juntos.

—Ya veo —musité pausadamente.

Permanecí en silencio quién sabe por cuanto tiempo, urdiendo un plan de venganza.

—¿Puedo ver tele? —escuché que dijo, sacándome de mi tren de pensamiento.

—Como quieras.

Prendí el aparato, deseando que el ruido de los programas me ayudara a desviar las ganas que tenía de lastimar al chiquillo y descargar en él la frustración que me embargaba.

—¿Y esto… sirve? —me preguntó mientras pasaba sus dedos sobre la superficie oscura de un espejo que estaba sobre una de las mesas laterales.

Comprendí su curiosidad. Las imágenes que reflejaba eran semejantes a las de un negativo de película porque el azogue se había corrido. Me quedé mirando a Jorge, preguntándome si no sería mejor infectar su alma que marcar su cuerpo. Si Julián era un hijo de puta, yo podía serlo aún más.

—Claro que sirve —me acerqué para cuchichear las siguientes palabras en su oído—. Es un espejo para ver al diablo —le dije medio en broma.

Me miró perplejo y luego negó con incredulidad.

—¿A poco tú crees en el diablo? —replicó risueño.

—El diablo, Jorge… acecha desde dentro para devorar el alma… —le dije suavemente—, y cuando menos te lo esperas… ¡Se lanza en picada para despedazarte! —exclamé levantando los brazos.

Jorge gritó sorprendido luego se rió con estrépito y empujó mi hombro de manera juguetona.

—¡Estás loca! —soltó animadamente. Sus ojos tenían la tonalidad del ámbar y me miraban expectantes.

—En realidad, el diablo es un extranjero que te usa y te deja una vez que ha exterminado tus esperanzas —le confié y él asintió aunque era evidente que no había entendido lo que dije.

—Y… y… ¿este espejo ayuda a espantarlo? —indagó mientras manipulaba con nerviosismo el objeto, cuidando de no mirarse en él.

Rodeé su espalda con mi brazo y recargué mi frente contra la de él.

—¿Por qué no lo averiguamos juntos?

Mi cercanía o mi relato lo pusieron nervioso. Sus pupilas se engancharon con las mías y al tiempo en que se acortaba la distancia entre nuestros cuerpos, se abrió el escote de mi bata. Él miró la piel expuesta y de sus dedos resbaló el espejo partiéndose por la mitad.

—¡Perdón! —exclamó con las mejillas rojas y se puso de rodillas para levantar los trozos.

Sonreí para mis adentros, haciendo un vago intento por cubrirme y me arrodillé a su lado, tan cerca que podía oler su piel.

—Déjalo, no tiene importancia…

—Pero… tu espejo mágico… ya no sirve —murmuró avergonzado.

—Sí sirve, mira… —susurré levantando uno de los fragmentos más grandes para mostrarle el reflejo opaco de mi pecho en la superficie manchada.

La respiración de Jorge cambió de ritmo y, como si se tratara de vencer una gran tentación, cerró los ojos.

—Ábrelos... no va a pasar nada malo —le susurré, dejando que mi mano se moviera por su espalda hasta que se detuvo detrás de su cuello.

El muchacho se debatió internamente por un momento. Tras unos instantes se animó a levantar los párpados y descubrió con una mezcla de alivio y decepción que yo estaba sosteniendo el pedazo de espejo frente a su rostro.

—No se ve bien... está todo oscuro —murmuró.

—El secreto está en lo que quieras ver... Hay que aprender a buscar dentro de las sombras, Jorge —le dije moviendo la pieza hasta que éste lanzó un destello—. Mira... hasta lo más opaco contiene una chispa de luz.

Me escuchó con interés y me quitó el fragmento de las manos. Empezó a jugar con él para producir más resplandores.

—Ojalá sirviera para ver el futuro —una sonrisa suave se extendió por sus facciones mientras se enfrascaba en encontrar su reflejo entre las manchas.

—¿Puedo quedármelo?

—Un pedazo tú y otro yo —dije pasando la mano por su cabello; su sonrisa se amplió y pude notar una vez más un tenue rubor tiñendo sus mejillas.

Nos pusimos a ver la televisión mientras comíamos unas sobras que tenía congeladas. Al poco rato Jorge se quedó dormido en el sillón. Yo miraba el reloj con impaciencia. Habían pasado más de cuatro horas y Julián aún no regresaba por su hijo. Apagué la televisión. No quería pasar el resto de la tarde contemplando al muchacho así que fui a mi cuarto a recostarme.

Una imprevista descarga del excusado me hizo incorporarme sobre los codos. Me había quedado profundamente dormida, no sabía por cuánto tiempo. Atisbé al pasillo y se abrió la puerta del baño del que salió una figura conocida subiéndose el cierre del pantalón.

—¿Julián? —pregunté con una mezcla de sobresalto e incredulidad. Jorge parpadeó ante mi asombro. Pude percibir en sus ojos amarillos, de ámbar líquido, el brillo de la confusión antes de que apagara la luz.

Avanzó hasta internarse en mi recámara. Su playera estaba doblada a la altura de la cintura, exponiendo una franja de piel blanca y exenta de vello. El pantalón parecía estar a punto de resbalarse de su cadera afilada.

Mis ojos navegaron de su dulce cara hasta la entrepierna con una curiosidad que sentí maligna. Viré el rostro encendido de vergüenza o deseo y lo presioné contra la almohada. Sentí que el colchón se hundía a mis espaldas. Permanecí inmóvil, con la tensión palpitándome bajo la piel, empujándome a tocarlo, mientras percibía el sutil calor que emanaba de su cuerpo. Abrí los ojos sin atreverme a girar sobre mi espalda. Sentía su cuerpo junto al mío.

—No han venido… —murmuró con voz triste, reacomodando su cuerpo, cerrando la distancia que lo separaba del mío.

Tomé una profunda inspiración y me volteé. Jorge estaba con los ojos muy abiertos. Una de sus manos reposaba bajo su mejilla, la otra abrazaba la almohada.

Estiré mis dedos, que eran toscos junto a los suyos, hasta que rocé su pómulo. Retuve el aliento esperando su reacción, me sorprendía que mi toque no lo hiciera apartarse, pero él en lugar de retroceder se acurrucó en mi pecho.

—Ya vendrán… duerme —susurré besando su sien—. Todo va a estar bien —repetí hasta que se quedó dormido entre mis brazos.

ME DESCUBRO ACUNANDO la figura de plastilina como si fuera un recién nacido en miniatura, como si yo fuera una niña vieja que juega a las muñecas mientras entono mi conjuro:

Duerme Jorge, duerme de nuevo en mis brazos. No mires nada que no sea tu reflejo en mis pupilas. No escuches los lamentos de tu padre, tan sólo duerme y entrégate a mi abrazo... deja que te arrulle hasta que ya no seas capaz de respirar.

Deposito la figura con cuidado sobre la sábana y tomo la otra. Así de pequeño y frágil me parece Julián el día de hoy. Si hubiera sabido que íbamos a terminar así, habría implorado, como me advirtió la sobrina de la gitana, nunca haberlo conocido.

Hundo un dedo en la cara de la segunda figura, en la pequeña cuenca dejo caer una gota de mi saliva, luego sostengo el cuerpecillo de plastilina en alto y empiezo a murmurar:

Beber de la muerte interior también es un sacramento, descender a los infiernos será tu última peregrinación. Bebe, Julián... Bebe de mi oscuridad, del agua Estigia que corre por mis venas, bebe hasta que te ahogues en las profundidades de mi odio.

Hago una pausa para realizar un corte en mi palma con la daga y ungir la figura de Julián con la sangre de mi herida.

—*Has lo que tienes que hacer, Julián* —le murmuro por encima mientras le arranco la cabeza, los brazos y las piernas.

ME SORPRENDE LA SERENIDAD con que procedo, la precisión con que limpio el filo y guardo el arma en el bolsillo derecho de mi bata, encaminándome hacia las escaleras para concluir mi tarea.

Fue semejante a la entereza con que actué cuando descubrí que Julián había quedado paralítico mientras su hijo y yo dormitábamos en el mismo lecho, inconscientes de que mi odio se había materializado en una terrible tragedia.

Poco después de que a Jorge lo venciera el sueño aquella noche en que su padre lo dejó bajo mi cuidado, empecé a telefonear a las estaciones de policía y los hospitales. Estaba a punto de darme por vencida cuando me pidieron que volviera a dar la filiación de Julián y las características que recordaba de su automóvil. La persona que atendió mi llamada me dijo que se había reportado un accidente con un vehículo que respondía a la descripción. No estaban seguros del estado en que se encontraban los pasajeros, pero al parecer era grave.

Fui hasta la recámara con la intención de despertar a Jorge, pero al ver que estaba profundamente dormido decidí irme sin avisarle. Mientras me cambiaba de ropa descubrí que más que preocupada me sentía sorprendida. Tomé las llaves de la casa y me encaminé apresuradamente hacia el sitio de taxis que había en la avenida.

Afuera, las ramas de los pinos se agitaban de un lado a

otro como censurando la extraña excitación que palpitaba en mi pecho: ¿cambiarían las cosas si la esposa de Julián muriera?

Se escucharon truenos y poco después destellaron relámpagos que al apagarse me dejaron con la sensación de estar en el centro mismo de un vacío profundo y negro.

—Ojalá, Dios, ojalá existas, y que exista algo más que tu renuencia a ayudarme a retenerlo —le grité a la noche.

Unos minutos después llegué a la fila de taxis. Respiraba entrecortadamente por el esfuerzo. Le di el nombre del hospital al conductor y me senté en la parte trasera.

Durante el trayecto no pude dejar de imaginarme lo que podría haber pasado. Talvez una falla mecánica había producido el accidente, quizá otro coche los embistió en un cruce o una mancha de aceite hizo que Julián perdiera el control del vehículo.

Después me asaltaron otras dudas: aunque la esposa de Julián muriera no había motivos para que él me quisiera a su lado. También era posible que ambos sobrevivieran o, peor aún, que fuera Julián el que perdiera la vida. Empecé a impacientarme, necesitaba saber qué había sucedido. Me preguntaba cuánto tiempo habrían tardado las ambulancias en llegar a rescatarlos, si se habrían quejado hasta perder la conciencia, si al sacarlos de la masa retorcida de metal les habrían tenido que amputar una pierna o un brazo… si habrían quedado desfigurados.

Mi mente era un torbellino de imágenes sangrientas que no se aplacó ni cuando el taxi se detuvo a la entrada del sanatorio. En mi imaginación aparecía el cuerpo desmembrado de Julián sobre el pavimento. Sus rostro inerte parecía observarme con mudo reproche.

AHORA PIENSO que hubiera sido mejor que todo terminara aquella madrugada, pero la vida de Julián y la mía quedaron inexorablemente unidas la noche en que realicé el ritual para que volviera a mi lado. No tengo más remedio que terminar esta noche lo que nos tenía deparado el destino.

—¿Estás aquí? —me llama Jorge desde la puerta que da al sótano.

—Subo enseguida —le aviso al tiempo que froto un borde de la sábana contra mi palma, para comprobar que la hemorragia se ha detenido y voy a su encuentro.

—¿Qué crees? —me pregunta emocionado.

—¿Qué?

—No me aguanté y le enseñé la mariposa de cristal a mi papá.

—¿Por qué no me esperaste? —le pregunto acomodándole tras la oreja unos rizos que han caído en su frente.

—Lo siento… de veras quise hacerlo, pero te estabas tardando tanto que creí que no sabías dónde la había puesto —se encoge de hombros y continúa animadamente—. Me dijo papá que fue él quien la encargó para dársela a mi mamá en su aniversario, pero luego… tú sabes, pasó lo del accidente y se le olvidó. Entonces… como ya va a ser mi cumpleaños, se acordó y le pidió a unos amigos que se la enviaran de España para poder dármela.

—¿No me habías dicho que querías un juego de video para tu cumpleaños?

—Sí, pero… ¡no entiendes! —hace una pausa para intentar explicarme—. ¿Sabías que mi abuela coleccionaba figuritas como esas?

—Sí…

—Pues todo empezó con una mariposa azul igual a la que llegó hoy que mi abuelo le regaló a mi abuela cuando se hicieron novios y que mi papá le hubiera dado a mi mamá cuando se comprometieron, de no haber sido porque una sirvienta la rompió accidentalmente antes de que se conocieran… Pero bueno… ahora ya sabes porqué papá le decía mariposa a mamá.

—Ya veo… ¿una sirvienta, dices? —murmuro, agradeciendo que la penumbra oculte mi mueca de amargura—. Ve al jardín y enciende las luces para que tu padre pueda ver las plantas.

Al regresar a la sala noto que Julián sonríe absorto en sus pensamientos mientras sostiene en las manos la pequeña figura de cristal. Camino hasta él y pongo la daga en la mesa que tiene al lado. Él la observa un momento y después me dirige una mirada inquisitiva.

—Es para ti —le susurro y presiono mis labios delicadamente en su mejilla—. Un día me la pediste.

—No sé de qué hablas.

—Qué mala memoria tienes, Julián. ¿Acaso no recuerdas aquella tarde en el hospital? —me siento en el taburete frente a él y acomodo sus pies en mi regazo, después me estiro hasta alcanzar la filosa arma—. Yo sí me acuerdo…

—¿Qué haces, mujer…?

Me complace el tinte histérico que descubro en su voz cuando presiono la punta de la daga contra la planta de su pie.

—¿Sientes eso?, ¿no? —le pregunto con fingida preocupación.

—Voy a gritar y Jorge vendrá en mi auxilio.

Tal vez quería sonar amenazante, pero temblaba como un cervatillo en la nieve.

—¿De veras? —le digo con mordacidad—. Jorge está acostumbrado a tus gritos y antes de que llegue te abré inyectado tanta morfina que seguramente no despertarás jamás... A qué apresurar las cosas... No creo que prefieras que mate a tu hijo antes que a ti... ¿verdad?

—¿Por qué haces esto?

—No me interrumpas... —presiono el cuchillo hasta que más o menos medio centímetro de la hoja está enterrado en su carne y lo giro. La sangre gotea profusamente—. Veamos... cómo podríamos refrescar tu memoria... ¡Ah, sí! Fue un par de días después de tu accidente. Te había llevado flores... margaritas, creo. Pero ni aunque hubieran sido rosas, habría logrado disimular el hedor de tus orines... ¿Ya te acuerdas?

—La sonda se había tapado... —murmura con una mueca de dolor en el rostro.

AQUELLA TARDE TAMBIÉN llovía y me distraje durante el trayecto hacia el hospital en limpiar con el puño de mi suéter el vaho que empañaba las ventanas del taxi. En los días que siguieron al accidente, Julián y su esposa permanecieron en la sala de terapia intensiva, pero ella no sobrevivió. Los médicos suponían que la reciente enfermedad que había padecido disminuyó sus posibilidades de recuperación. Julián sufrió una lesión en la columna que lo dejaría paralítico por el resto de sus días.

—¡Estoy acabado! —me había gritado cuando le dije, para darle ánimos, que se iba a recuperar—. Me oriné y sólo me di cuenta hasta que el olor se hizo perceptible, ¿entiendes...?

—Yo voy a ayudarte.

—¿Porqué lo harías?, ¿por qué nos acostamos la otra vez?... No seas estúpida, no voy a volver a ser lo que fui, ¡quedé inservible! —gimoteó.

—No importa... —repliqué calmadamente—. Alguien tiene que cuidarlos a ti y a tu hijo... ya bastante ha sufrido él con la muerte de su madre —agregué, alisando las sábanas.

—¿Por qué demonios no me morí con ella...? —le preguntó al vacío, al aire, a alguna presencia fantasmal que yo no lograba percibir.

Su voz retumbó entonces en mis oídos: "Ayúdame". Una sola palabra dicha con la certeza de que yo entendía lo que me estaba pidiendo. No, como si fuera una orden que yo no dudaría en seguir. Esperé a que la repitiera, empezando a creer que la había imaginado, pero su rostro serio, solemne, confirmó lo que en mi interior había entendido desde un principio.

— Ya veremos —dije antes de salir.

De camino a casa me pregunté si habría sido yo quien conjurara la desgracia de Julián por haber deseado tantas veces que fuera sólo mío. Hubiera querido saber que la única manera en que iba a tenerlo era bajo esas condiciones. Tal vez entonces habría renunciado a él.

A los pocos días de que Julián saliera del hospital me mudé a la casona Espir. Él me lo pidió al darse cuenta que Jorge no podría llevar a cabo los cuidados que ahora requería. Con el transcurrir de las semanas Julián empezó a perder el tono saludable de la piel. Sus piernas lucían amoratadas y su humor fue empeorando, hasta que poco a poco sus gritos se volvieron lamentos debilitados, sin esperanza.

Me preguntaba si llegaría el día en que me fuera imposible reconocer algún vestigio del joven que alguna vez había amado. Aprovechaba esos momentos, una vez que las medicinas lo habían sumido en un sopor profundo, para deslizar mi mano por debajo de las sábanas pringosas de sudoración y secreciones. Le acariciaba el miembro y luego se lo retorcía al comprobar que de todas formas se quedaba inerte.

DE ALGÚN MODO la frustración que sentía entonces es igual a la ahora me embarga mientras hundo el cuchillo en el pie de Julián. Podría llegar a cercenarle ambos pies sin que fuera capaz de sentirlo.

Cuando levanto la vista veo su rostro empapado de lágrimas.

—Me acuerdo... me acuerdo... me acuerdo... —repite entre sollozos.

—Muy bien... ahora tienes dos opciones —anuncio poniéndome de pie—. Estirarte todo lo que puedas para sacar la daga de tu pie y suicidarte o... intentar matarme —añado arrancando la línea de teléfono de la pared. Después me acerco a la mesa donde están las licoreras y sirvo dos copas de cognac.

Alguna vez leí que los suicidas dejan instrucciones prácticas en sus cartas de despedida: pagar una deuda, recoger la ropa en la tintorería, alimentar al gato; porque de ser capaces de escribir una nota significativa le encontrarían sentido a la vida y matarse ya no sería necesario. Considero acercarle pluma y papel a Julián, pero ¿qué indicaciones podría dejar él, si yo estoy a cargo de todo?

Apago la luz de la sala antes de dirigirme al patio. Afuera, Jorge está absorto mirando las estrellas. Su cuerpo cubierto tan sólo por una delgada playera, tirita un poco.

—Bebe —le ofrezco una de las copas y él me mira como tratando de indagar si le estoy poniendo una trampa.

—¿Qué es? —me pregunta olisqueando el licor.

—Es para que no te enfermes… Anda bébelo.

Jorge mira de reojo a la ventana que da a la sala y nota que la luz está apagada.

—¿Se quedó dormido? —me sonríe de manera displicente antes de llevar el cristal a sus labios y tomar un sorbo.

—Pues sí… ahora tendremos que celebrar tú y yo solos —le digo de manera sugerente.

—¿Celebrar? —inquiere, animándose a beber un trago largo del cognac.

—Pues como tu padre te adelantó tu regalo de cumpleaños, no veo por qué yo no habría de hacerlo.

Jorge me abraza como suele hacer cuando la emoción lo embarga: acurruca su cabeza en mi pecho y la fragancia de su cabello inunda mis sentidos, llevándome a evocar el momento en que me abrazó, así de intensamente, por primera vez.

Fue a la mañana siguiente del choque. Había regresado del hospital en la madrugada, pero esperé hasta que se despertó. Jorge agachó la cabeza cuando le informé del accidente. Noté un ligero temblor en su mandíbula que poco a poco se fue extendiendo por todo su cuerpo hasta que rompió en llanto.

—Ya, ya contrólate —le había dicho mientras palmeaba su brazo—. Tienes que ser fuerte para ayudar a tus padres.

Lo veía luchar por contener las lágrimas, pero entre más lo intentaba menos éxito tenía. Jorge dio unos pasos hacia atrás, luego giró sobre sí mismo y salió corriendo.

No tuve más remedio que seguirlo lo más rápido que pude hasta el parque que había a unas cuadras de mi casa. Cuando lo alcancé, Jorge se aferraba a una reja llorando. Lo dejé que se desahogara y me acerqué cuando se deslizó hasta quedar hincado. Lo ayudé a incorporarse.

—Vamos...

—Voy a quedarme aquí hasta que vengan... Porque van a volver —me dijo con el desafío que sólo se expresa ante lo que nos negamos a aceptar.

—Sí, pero aquí no te van a encontrar —susurré limpiándole las mejillas.

—¿Y si no regresan? —me preguntó, aterido de miedo y dolor.

Mi silencio pareció angustiarlo aún más y lo único que atinó a hacer fue rodearme con sus brazos y llorar amargamente por largo rato. Permanecimos así, fundidos en un abrazo en el que ambos comprendimos que no es suficiente el deseo de tener a la gente que amamos a nuestro lado.

—Tú también tienes frío.

La voz de Jorge me devuelve al presente. Siento mi cuerpo temblar mientras nuestros cuerpos se separan. Bebo de golpe el contenido de mi bebida y me paso la lengua por los labios.

—Tienes razón… —dejo las copas a un lado, en la mesa del jardín—. Acércate —susurro extendiendo mis manos hacia él.

Él muerde su labio inferior y me envuelve de nuevo en sus brazos. Mi aliento roza su cuello mientras acaricio su espalda lentamente. Sus delgadas manos reproducen mis movimientos con cierta timidez. Levanto la cabeza para ver su rostro. A esta distancia podría contar las pestañas que rodean sus ojos de oro sucio, miel líquida, que parece a punto de gotear con la sedosa pócima de la lujuria.

—Eres muy guapa —murmura y su aliento cálido penetra en mi boca como la lengua de un fantasma.

—¿Tú crees? —le pregunto enmarcando su cara con delicadeza—. Pues yo creo que tú tienes una boca muy hermosa —dejo que mi índice trace sus labios y noto cómo tiemblan bajo mi toque.

La respiración de Jorge se intensifica, cuando guío una de sus manos hasta mi seno izquierdo, dejando que lo acune con dedos torpes al tiempo que presiono mi boca contra la suya. Se queda inmóvil cuando paso mi lengua por sus labios, pero finalmente su resistencia cede y es él quien fuerza el húmedo músculo en mi boca de manera intempestiva mientras deslizo mi mano debajo de su pantalón para explorar su entrepierna.

Puedo imaginar la mirada atónita de Julián observándonos desde la sala en penumbras. Quizás verse forzado a atestiguar la manera en que mancillo el cuerpo de su hijo le dé la fuerza que necesita para clavarse la daga en la yugular. Aunque es posible que prefiera apuñalar sus ojos, pero la imagen habrá quedado cincelada sin remedio en su memoria.

Cuando el cuerpo de Julián esté frío me sentaré a su lado y tomaré todas las pastillas que tengo para que a las pocas horas pueda hacerle compañía. Suspiro pensando en mi muerte mientras Jorge continúa besándome.

Quiero creer que alguien me recibirá con un abrazo cuidadoso, como si aquel que me sostuviera creyera que estoy hecha de aire, de silencio o de luz. La realidad es que espero percibir una oscuridad absoluta, tan densa que sus orillas se plegarán contra mi cuerpo. Un grito de terror se ahogará en mi garganta: querré palpar mi rostro y ya no existirá. Me repetiré que tan sólo se trata de un sueño, del letargo que antecede a la vigilia, de la subida del muerto, de algo que querré suponer que viví antes para convencerme de que no es el final, que todavía hay una oportunidad de cambiarlo todo, de regresar al momento en que perdí el camino.

Pediré que nos cremen, se me ocurre de pronto. No podría permitir que nuestros cuerpos terminen de material de estudio. Siento ganas de reír amargamente al imaginar lo que podría pasar: una autopsia separaría nuestros órganos con la brutal torpeza del estudiante, pero antes tomarían las córneas y cualquier otro órgano útil. Los restos de mi matriz inservible serían enviados a histología donde compartirían un estante junto a fetos en frascos de formol. Poco a poco se despellejaría en partes hasta que dé la impresión de ser una medusa flotando en el turbio líquido.

Los restos que quedaran serían enterrados en fosas comunes junto a los de otros cuyos nombres no volverán a ser dichos en voz alta. Olvidados como si nunca hubiéramos existido. Nuestros huesos se disolverán con el transcurrir de los años y una tenue luz fosforecerá en la superficie por las noches, hasta que un día, finalmente, se apague en silencio absorbida por la tierra.

Despego a Jorge con firmeza de mi cuerpo. Me parece que el momento más solemne de la noche ha llegado.

—Ven —le ordeno.

Me sigue sin chistar, como un perro en celo y puedo sentir su mirada lujuriosa a mis espaldas. Al entrar en el vestíbulo me percato de que Julián ha logrado arrastrarse varios metros hacia la puerta. Se ve agotado por el esfuerzo, pero aún así intenta llamar a Jorge cuando nos ve pasar. Yo jalo al muchacho y le sonrío a Julián mientras beso a su hijo con lasciva.

Una vez subimos al segundo piso guío a Jorge hasta mi cuarto, la tela de su pantalón marca el contorno del deseo que lo embarga. Mi mano llega a su entrepierna, me doy cuenta que será cuestión de minutos para que se consuma mi venganza, pero contemplo que una sola vez no será suficiente.

Nuestros cuerpos se funden varias veces mucho antes de que llegue el alba. La luz de luna aún perturba con su brillo metálico la penumbra de mi habitación. Sin embargo, cuando se extiende sobre el rostro de Jorge, parece empeñarse en ahondar las sombras que se marcan en su ceño, fruncido por el reciente esfuerzo.

Me levanto del lecho dando tumbos, como si la euforia de las horas anteriores expusiera mi verdadero rostro bajo la siniestra luz. Repaso en mi mente el modo en que llevé a Jorge a la cama, arrancándole la ropa con impaciencia hasta que pude llenarme los ojos de su núbil desnudez. Siento los labios hinchados tras haberme sofocado con su sexo hasta que escupió su semilla en mi garganta, pero también me escoce la entrepierna por las estocadas violentas con que me hizo reventar en espasmos desordenados, no una sino varias veces.

Ahí yace el cuerpo infantil que acabo de corromper, su piel tersa podría ser la de un cadáver, tan pálida y fría, que su desnudez desmayada agita no ya el estancamiento de mis aguas, sino la certeza de que he traspasado el punto de retorno.

Doy unos pasos hacia atrás hasta que las tinieblas me reciben en su útero infame: Madre, he vuelto a casa, devórame en la inconsciencia de tu seno. Regálame el salvoconducto de la locura o deja que sus ojos de ámbar me purifiquen y me engañe creyendo que no hay maldad posible en mis entrañas, que soy tan sólo la hetaira elegida para guiar a Jorge en los misterios de la trasgresión.

Él se revuelve en la cama y abre los ojos. Brillan agudos como las pupilas de un gato, más amarillos que nunca. Regreso a su lado, no me importa que el matiz selénico exhiba mi cuerpo marchito, ni que mis brazos cruzados sobre el pecho sean incapaces de ocultar el vaivén ridículo de mis senos caídos mientras avanzo. Mi deseo hecho de púas veja su carne con miradas lascivas, mancha su piel con la desmesura de mi tacto. Antes de que llegue el alba vuelvo a ser un animal húmedo que succiona vida y traga su semilla transparente como si fuera el elíxir mismo de la inmortalidad.

Se mueve encima de mí. Con cada embestida gana seguridad, crece un día cada segundo mientras se apropia de mi cuerpo, roba experiencia de mis arrugas mientras se ahoga con la amargura de mi saliva.

Miro a Jorge descubriéndome como si yo fuera un regalo y sé que aún no se da cuenta que yo debería de ser un mero ensayo que un día abandonara por otros cuerpos, más jóvenes y bellos. Tampoco sabe que desde el primer momento empecé a hechizarlo para que siempre me perteneciera; para que, creyendo desearme, compartiera mi lecho, apaciguara mi sed hasta que en esta mañana le revele que esto no fue amor, ni siquiera pasión, sólo venganza.

Me odiará por haberle robado la libertad de elegir su propia perdición, por anular cualquier futura experiencia mientras lo intoxico con mi aliento pesado, mis gemidos de loba, mi abrazo posesivo. Y cada vez que me penetre crecerán su hambre y su disposición a despeñarse en el vacío. No le importará condenarse en el fuego eterno mientras le permita explorar una vez más mis huecos y mis pliegues, diluyendo en el vinagre de mi lubricidad nuestras almas.

La transformación se completa: me finjo niña y él maestro.

Paso una mano por sus cabellos ensortijados. Sonrío y Jorge piensa que me ha satisfecho. No sabe que planeo mantenerlo enredado entre las sábanas por días hasta que su suavidad se acartone. Le arrancaré el olor dulce de la juventud hasta que apeste a animal de circo y la mirada se le enturbie. Haré que la dorada luz de sus pupilas se apague y sólo le quede un resentimiento igual al mío.

El amanecer de esta nueva etapa irá imponiendo lentamente su disfraz en mi cuerpo como una enfermedad contagiosa. Seré la bruja de olfato suspicaz y mirada torva, la sierva cuyo veneno marchitará los labios de Jorge con mi lengua de serpiente, hasta que ya no pueda distinguir la falsedad de mis palabras ni la de mis besos.

Veo nuestras siluetas reflejadas en el vidrio de la ventana. Soy la hechicera que monta el carnero antes del sacrificio y por un momento creo ver a la Maligna atestiguar el rito desde las sombras. Me doy cuenta que asesiné la inocencia de un niño entre bramidos. ¡Lilit, me declaro tu esclava y no me arrepiento!

Ojalá que cuando Jorge muera, una sensación de incorporeidad suplante enseguida el dolor agudo, la corriente de electricidad que quema las venas, el colapso de pulmones que se suscita en el momento en que el alma se desprende del cuerpo. Deseo que su conciencia se apague, que empiece a olvidarlo todo, que sólo sepa que se encuentra en algún otro lado, en un tiempo suspendido, donde es posible volar sin dificultad alguna, donde no queda memoria del dolor ni de las pérdidas, mientras yo tomo el diario de Julián y escribo la última frase en un papel que entonces me parecerá profano:

Este es mi sacramento, mi nombre es Legión y soy el camino de la perdición irredenta, de la disolución absoluta. Desde el foso profundo de mi resentimiento extiendo mis manos y araño tu alma, te obligo a beber de la duda interior para que te ahogues en la oscuridad rebosante de mi vientre. Soy el agua negra, *Nazorean Gnosis*, y al leer esto, mi maldición has despertado.

Nacida bruja, de Valeria Almada,
se terminó de imprimir en agosto de 2010
en Programas Educativos, S. A. de C. V.,
Calz. Chabacano 65, local A, Col. Asturias, C. P. 06850
México, D. F.